피할수없다면

두려움없이,
당당하게

zettaizetumeioikinuku©Ikuko Yamashita 2010
All rights reserved.
First published in Japan in 2010 by kankanbou publishers Ltd., Fukuoka.
Korean translation rights arranged with kankanbou Ltd.
through The Yoonir Agency(korea) Ltd.

피할 수 없다면
두려움 없이, 당당하게

초판 1쇄 발행 | 2016년 7월 22일

지은이 | 야마시타 이쿠코
옮긴이 | 한성례

발행처 | 이너북
발행인 | 김청환

책임기획편집 | 이선이
편집 | 한성희

등록 | 제 313-2004-000100호
주소 | 서울시 마포구 독막로 27길 17(신수동)
전화 | 02-323-9477, **팩스** 02-323-2074
E-mail | innerbook@naver.com
블로그 | http://blog.naver.com/innerbook
페이스북 | https://www.facebook.com/innerbook

ⓒ 야마시타 이쿠코, 2016
ISBN 979-11-957841-1-0 03830

• 책값은 뒤표지에 있습니다.
• 잘못되거나 파손된 책은 서점에서 교환해 드립니다.

이 도서의 국립중앙도서관 출판예정도서목록(CIP)은 서지정보유통지원시스템
홈페이지(http://seoji.nl.go.kr)와 국가자료공동목록시스템(http://www.nl.go.kr/kolisnet)에서
이용하실 수 있습니다.(CIP제어번호: CIP2016014961)

피할수없다면
두려움없이,
당당하게

야마시타 이쿠코 지음 | 한성례 옮김

이너북

차 례

프롤로그　8

chapter 1　지금까지의 나

일에 눈뜬 20대 ·································· 14
좋아하는 일이 곧 무기임을 배운 30대 ·············· 18
비약과 좌절의 40대 ······························· 19

chapter 2　경성 위암과의 싸움

느닷없이 나를 덮친 경성 위암 ··················· 34
자각 증상과 징후 ······························· 35
자각 증상의 악화 ······························· 39
소리 없이 다가오는 진실 ························· 44
재검사 직전의 온천여행 ························· 47
불안한 마음으로 재검사 ························· 48
경성 위암 선고 ······························· 52
'사랑의 힘'으로 ······························· 56
그리고 입원 ································· 60
수술 설명과 수술 동의 ························· 62

이대로 도망칠 수는 없어 ················· 65

가족들만 알았던 3개월 남은 생명 ··········· 66

마침내 수술 당일 ···················· 69

경성 위암, 개복은 했으나 수술은 포기 ······· 72

중환자실에서 ······················ 73

그날의 결심 ······················ 75

배를 꿰맨 자리가 지네 같아 ············· 79

영영 음식을 못 먹을지 모른다는 불안감 ······ 81

첫 항암제 치료 — 시스플라틴과 TS-1 ······· 84

벼랑 끝이 아니라 이미 밑바닥 ············ 87

죽음에 대한 공포 ···················· 90

1차 항암제 치료, 지독한 시스플라틴 부작용 ···· 92

항암제 시스플라틴 부작용, 공포의 전반전 ····· 95

항암제 시스플라틴 부작용, 그 후반전 ········ 98

'힘내!' 라는 말에 상처받다 ············· 101

식욕이 돋다 ····················· 104

사투의 증거 ····················· 105

chapter 3 무너지지 않고 살아가다

일시적 퇴원 시도 ································· 110

그리운 우리 집으로 ······························ 112

퇴원하는 날에 하고 싶은 일 두 가지 ············· 113

암과 싸우는 힘 ································· 115

아버지보다 오래 산다는 것 ···················· 118

천 개의 바람이 되어 ···························· 120

병에 굴하지 않고 꿋꿋하게 살아남자! ·········· 123

2차 항암제 치료 ······························· 126

많은 이들의 격려와 배려 ······················ 129

부작용의 여파 ································· 132

병상에 있는 당신에게 ·························· 135

3차 항암제 치료, 감정의 기복 ················· 137

4차 항암제 치료 ······························· 139

항암제 치료 효과가 나타나다 ················· 141

오랜만의 행복한 한때 ························· 144

5차 항암제 치료 ······························· 145

서서히 죽음을 향해······ 148

기적까지는 아니더라도 ······················ 151

생존율 따위에 신경 쓰지 않아 ················ 152

6차 항암제 치료 ······························· 154

항암제 투여 일정 연기 ······················· 156

이번에는 엄마가 쓰러지셨다 ················· 158

항암제 TS-1 부작용 극복 작전 ··············· 160

완치할 수 없는 암을 안고 산다는 것 ············· 164

chapter *4* 궤도 수정

작은 일이라도 늘 목표를 세우자! ············· 168
새 인생을 살다 ············· 171
잊지 못할 송별회 ············· 173
오사카에서 맞는 마지막 생일 ············· 176

chapter *5* 후쿠오카로 돌아오다

정든 오사카에서 내 고향 후쿠오카로 ············· 182
새로운 병원에서 치료를 시작하다 ············· 185
블로그를 통해 세상과 소통하다 ············· 188
오랜 꿈이었던 대학 입학 ············· 191
하고 싶은 일이 얼마나 많은지 ············· 193
사랑하는 단짝 친구들과 떠난 여행 ············· 195
시한부 선고를 받은 후 네 번째 생일 ············· 198
암과의 싸움, 다음 단계로 ············· 199

chapter *6* 이제부터의 나, 모두에게 은혜 갚기

엄마가 없었다면 ············· 214
암과 함께 살아가다 ············· 218
속(續), '두려움 없이, 당당하게' 살겠다는 결심 ······ 220

에필로그 223 / 저자의 블로그 소개 228 / 아마존 서평 238

경성 위암[1] 말기. 그리고 이제 나에게 남아 있는 삶은 겨우 3개월.

어느 날 갑자기 나는 시한부 인생이라는 사실과 마주했다.

사람은 언젠가 반드시 죽음을 맞이한다. 영원히 사는 사람은 한 사람도 없다.

---

[1] 경성 위암(Scirrhous Gastric Cancer, 硬化性癌) : 위 속에 혹 같은 것이 생기는 일반 위암과는 달리 위벽 전체가 암세포에 침해당하는 병이다. 난치성 암 중 하나로 사망률이 높으며 젊은 사람들에서 많이 나타난다. 자각증상으로는 처음에는 위가 쓰리다가 서서히 식욕이 감퇴하며 두통이 생기고, 위와 등에 통증을 느끼다가 나중에는 전신으로 통증이 퍼진다. 이 암은 진행 속도가 매우 빠를 뿐 아니라 전신의 림프로 전이된다. 따라서 절개수술을 해도 더 이상 손을 쓸 수가 없어 결국 그대로 봉합하는 사례가 많다. 그런 연유로 현대의학으로는 고칠 수 없는 병이라고도 한다. 경화성 위암, 스킬스 위암, 스킬스성 위암이라고도 한다.

이는 부정할 수 없는 사실이지만 대부분이 죽음을 실감하지 못하고 살아간다. 이는 인간이라면 누구나 마찬가지다. 알고 있다고 해도 먼 미래의 일이라 여기고 항상 염두에 두지는 않는다.

나도 그런 부류의 사람이었다. 그러다가 어느 날 갑자기 목숨의 마지막을 통고받고 저승문 앞에 섰다.

더 이상 앞으로 나아가지 못한다는 사실을 알게 된 그 순간부터 나는 생각했다.

'그동안 내가 가졌던 가치관은 무엇이었던가?'

설령 가치관이 있었다 해도 지금은 빛이 바랬고, 무의미하다.

나에게 던져진 현실을 받아들이지 못한 채, 내 감정과는 상관없이 시간은 점점 흘러갔다. 생각이 멈춰버린 것만 같았다.

망연자실하다는 말조차도 적합하지 않다. 허무라는 표현은 이런 때 쓰는 것이 분명하다고 여겨질 만큼 그야말로 절체절명의 순간이었다.

내 몸속의 경성 위암은 이미 말기까지 진행되었다. 암은 복막으로 전이되어 간과 대장까지 침투했다. 수술을 하려고 배를 갈랐지만 손을 쓰지도 못한 채 덮어야만 했다.

나중에 들은 말이지만, 수술하려고 배를 열었다가 닫을 수밖에 없었던 내 주치의가 배 속을 살펴보고서 6개월도 못 살 거라고 생각했다고 한다.

그 후 시작된 항암제 치료는 혹독했다. 그러나 반드시 나을 것이라는 신념과 회생하리라는 희망으로 참고 버텼다. 용기도 가셨다.

용기는 강해지기 위해서만 필요한 건 아니다. 아무리 불리한 결과가 예측될지라도, 진실하고 타당하다고 믿고 그에 찬성하는 일이야말로 진정한 용기인 것이다.

항암제 치료는 극적으로 효과를 발휘했다. 결과적으로 쪼그라든 위가 팽창하고 위 조직이 소생하여 의사가 놀랄 정도였다. 그럼에도 의사는 신중하게 말했다.

"비슷한 상태의 환자 중에 3년 이상 생존한 사람을 아직까지 본 적이 없습니다."

의사의 이 말에 나는 반드시 3년은 살아야겠다고 목표를 정했다.

'내가 태어났을 때 주위 사람들은 웃고, 나는 울었다. 내가 죽을 때는 내가 웃고, 주변 사람들이 울 수 있도록 후회 없는 삶을 살리라. 그러기 위해 하루하루를 소중하게 여기고, 하루를 일생처럼 응축해서 살아야겠다.' 고 다짐했다.

어떻게 살아야 할지는 아무도 가르쳐 주지 않는다. 스스로 찾아야 한다.

직장생활 30년. 업무에 몰두하며 성공의 정점을 눈앞에 두고 있던 어느 날 돌연 죽음이 들이닥쳤다. 목숨이 붙어 있는 동안 나는 무엇을 할 수 있고, 무엇을 남길 수 있을까……

어쩌면 병마와 싸우다가 끝날지도 모른다. 하지만 투병한 보람은 반드시 나타날 것이라고 믿는다. 이제 끝났다고 포기하느냐, 새로운 시작이라고 어깨를 펴느냐는 내가 선택하는 것이다.

나는 절망의 나락에서 주먹을 꽉 쥐고 암을 향해 파이팅 포즈를 취했다.

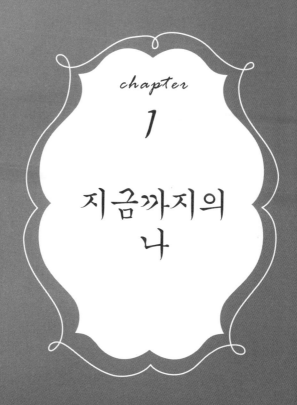

chapter

1

지금까지의
나

일에 눈뜬 20대

나는 규슈의 후쿠오카에서 나고 자랐다. 고등학교를 졸업한 후 곧바로 취직을 했다.

대학 진학을 선택할 수도 있었지만 다니던 학교가 상업고등학교라서 그 당시는 머릿속에 취직을 하겠다는 생각밖에 없었다. 오랜 역사를 가진 우리 학교는 취업난을 겪는 요즘과는 달리, 입사해 달라고 구인광고를 보내오는 회사가 수두룩했다.

당시에 여성은 고등학교만 졸업하는 편이 취직률이 높았다. 그래도 대학에 진학하지 않았던 일을 나중에 두고두고 후회했고, 간혹 그것이 콤플렉스가 되어 웅크려들기도 했다. 그러나 그러한 여건이 도리어 헝그리 정신으로 이어져 힘을 내는 원동력이 된 것도 사실이다.

입사 당시에는 4~5년 근무하다가 결혼과 동시에 회사를 그만두고 전업주부로서 집안 살림만 할 예정이었다. 당시 대다수 사무직 여성들이 공감하는 길이었으므로, 지극히 일반적이고 당연한 선택이었다. 나도 평범한 여자의 인생을 꿈꾸며 사회생활을 시작했다.

그런 평범한 삶에 이끌렸지만 그런대로 즐겁고 충실한 하루하루를 보냈다. 업무도 차츰 익숙해져서 지시받은 일은 빠르게 처리해 나갔다. 20대의 전환점에 다다랐을 때 일상 업무의 매너리즘에 빠진 탓인지, 나 자신에게 부족한 점이 많다는 것을 느꼈다. 나는 상사에게 다른 업무도 맡겨 달라고 요구했다. 그러자 상사는 이렇게 되받았다.

"업무는 시켜서 하는 게 아니야. 지시를 받아서 일하는 자세는 자신을 퇴보하게 만들지. 직접 찾아보겠다는 사고를 가지고 창의적인 고민을 해서 지금보다 나은 상황을 스스로 만들어 가도록 노력하게나."

나는 놀랐다. 가슴이 뜨거워지며 온몸에 전율이 흘렀다. 이 말에 나는 크게 자극을 받았다. 지극히 평범한 여직원의 습성이라는 허물이 갈라지고 벗겨지면서 하고잡이(뭐든 하고 싶어 하고, 일을 만들어서 하는 일 욕심이 많은 사람. 워커홀릭(workaholic) 또는 '일 중독자'를 가리키는 말) 인간이 태어나는 순간이었다. 그로부터 나의 일 욕심은 시작되었다.

이후로 나는 이전부터 이어져 오던 대로 일을 단순히 이어 나가는 것만이 아니라 상황에 맞도록 보다 나은 방향으로 바꾸어서 고안하고 제안했다. 그러다 보니 일상의 업무를 바라보는 시각도 180도로 바뀌었다.

창의적인 고민을 위해 능력을 갖추려고 노력했고 무엇이든 배우겠다고 의욕을 불태웠다. 누가 시켜서 하는 일이 아니라 업무의 작은 부분이라도 주도권을 가지려는 감각과 충실한 마음가짐으로 임했다. 서류 한 장이라도 좀 더 보기 쉽고 효율적이며 합리적으로 작성했다.

이처럼 노력해서 내놓은 일은 좋은 평가를 얻었고, 하고자 하는 일에 대해서는 좋은 조언이 뒤따랐으므로 더욱더 일에 대한 의욕이 불타올랐다.

지극히 당연한 업무인데도 깨인 감각으로 살펴보면 힘이 용솟음치는 경우가 많았다. 한 예로 매년 실시한 회사의 캠페인을 들 수 있는데, 그간에는 주어진 할당량을 달성하는 걸로 만족했지만 그때부터는 내가 할 수 있는 능력을 최대한 발휘해서 최선을 다하자고 다짐했다.

나는 여성 부문에서 회사의 넘버원을 목표로 삼았다. 그 이전에는 그러겠다는 마음조차 갖지 않았다. 그러나 그때부터는 인간에게 주어진 최대의 힘은 노력이라는 것을 되새기며, 노력으로 나 자신을 바꾸겠다는 강한 의지를 다졌다.

사람은 마음먹기 나름이라 했던가. 캠페인은 회사에서 억지로 시키는 듯해서 달갑지 않았지만, 막상 하겠다고 마음먹고 나니 처음인데도 내가 가진 모든 실력이 발휘되어 일을 완성할 수 있었다. 지금 생각해도 참 신기하다.

그 일을 떠올리면 지금도 나 자신이 대견해서 스스로 감탄하곤 한다. 나는 보란 듯이 회사 전체에서 1등을 차지했다.

바야흐로 일본은 거품경제 시대. 치열하고 바쁜 나날이 계속되었지만, 일이란 것이 무엇인가를 비로소 알게 되면서 일의 즐거움이랄까 묘미를 터득하게 되었다. 그리하여 일에 대해 좀 더 깊이 파고들었고, 시간이 갈수록 가속도가 붙었다. 그때 나는 20대였다.

'무엇을 해야 할까······?'

그 질문의 답을 찾기 위해 젊음과 힘을 바쳐 끝까지 달려왔다고 생각한다.

경험도 실력도 보잘것없던 20대에는 실패도 많았다. 하지만 지금 돌이켜보면 열성과 도전정신이 그 약점을 누르고 앞으로 나아가게 밀어주었다는 생각이 든다.

좋아하는 일이 곧 무기임을 배운 30대

인사이동으로 현장의 영업점에서 총괄부로 자리를 옮겼고, 나는 업무에 필요한 예산을 짜고 실적 관리를 하기 위해 큰 숫자를 취급하는 일을 맡았다. 관심은 100퍼센트 숫자에 쏠려 있었다. 매일매일 새로운 일을 배우고 새로운 것을 발견하는 생활이 무척 재미있었다. 컴퓨터도 그 무렵부터 배우기 시작했다.

다양한 상황에서 발생하는 숫자는 설득력이 있다. 나는 그 숫자가 만들어지는 프로세스에 푹 빠져 있었다. 저것은? 이것은? 그것은? 궁금한 게 많아서 영업·업무·사무계약에 필요한 숫자를 공부했고, 지금까지 몰랐던 숫자의 매력을 알게 되었다. 더 나아가 숫자를 다루는 방식을 이해하고 공략하고 싶어졌다.

어떻게 하면 그 숫자가 생겨나는가? 어떻게 하면 그 숫자가 도출되는가?

그런 일을 신나게 즐긴 덕분에 점점 숫자에 사로잡혀 갔다.

그 후로도 당시 회사 업무 중에서 조금 특수했던 신규 점포 개점 업무를 담당했기에, 숫자에 대한 내 열정은 좀처럼 식을 줄을 몰랐다. 물건의 제조비법을 알았을 때처럼 이러한 경험은 직장생활에서 커다란 초석이 되어 주었다.

휴가도 가지 않았다. 그 정도로 업무가 재미있어 못 견디는 시기였다. 무언가를 결정짓는 숫자를 만들어내는 일에 어느 정도 자신이 붙어 있던 시절, 당시 나는 30대였다.

좋아하는 일을 자신의 무기로 만들어 자유자재로 표현할 수 있을 정도의 30대. 재미있는 일은 계속되었고, 그 일을 지속함으로써 나는 힘을 얻었다.

비약과 좌절의 40대

40대는 내게 있어서 그야말로 파란만장한 시기였다.

직장에서 관리종합직으로의 전환이 목표였는데, 그러기

위해서는 일정한 조건이 필요했다. 20년 이상이나 회사에 근무했지만 일반직으로는 업무 폭에 한계가 있었다. 일반직은 한정된 일만 수행하는 기능직과 다름없었다.

내가 근무한 회사는 통상적인 일반직보다는 관련 업무 범위가 넓었으나 관리종합직에 비하면 선택지가 매우 적었다. 일반직으로는 아무리 노력해도 어쩔 수 없는 벽이 존재했다.

물론 종합직이 되면 전근도 각오해야 한다. 그러나 전근의 위험부담보다도 경험해 보지 못한 업무를 해보고 싶다는 의지가 더 강했고, 새로운 업무 영역에 도전해 보고 싶었다.

창공에 연이 가장 높이 올랐을 때는 바람을 향해 맞서 있는 상황이다. 바람의 흐름에 몸을 맡겨서는 결코 위로 오르지 못한다.

41세가 된 1999년 말 사내공모가 있었다. 마음먹고 지점장 직에 도전해 보았다. 꽤 고심했지만 나이도 먹을 만큼 먹었고, 회사 생활도 그럭저럭 하여 경력도 쌓일 만큼 쌓인 상태였다. 더욱이 세간의 눈으로는 어디를 보아도 아줌마인 내가 현실에 안주한다면 더는 성장할 수 없다는 생각이 들어 조바심이 생겼다. 결과에 연연하기보다는 도전함으로써 자신감을 높이고, 가능성을 넓히고 싶었다.

더구나 존경하는 선배가 추천해 준 길이기도 했다. 열심히 하겠다고 굳게 결심하고 한 발짝을 내딛었다.

지점장 직에 도전하는 시험은 내 직장생활 30년 중에서 잊히지 않는 사건 중 하나이다.

전국에서 여성 응시자는 나 혼자뿐이어서 조금 놀랐다. 몇 명쯤은 더 있을 거라고 생각했다. 왜냐하면 과거에 이미 여성 지점장이 있었기 때문이다.

사실 불안감이 머릿속을 스쳐갔지만 내가 유별나다고는 생각지 않았다. 최종 선발자로 남은 후 해가 바뀌었고, 2000년 1월 본사에서 사장 면접을 했을 때는 엄청 긴장되었다. 심장을 쿵쿵 울리는 고동에 등줄기까지 뻐근할 지경이었다.

당당히 합격은 했지만 그해에 지점장으로 부임하지는 못했다.

한 해가 또 지나고 한 번 더 사장의 면접 요청이 있었다.

2001년 3월, 새로이 합격통지서와 증서를 받았다. 내 나이 42세 때였다.

작은 지점이라도 맡겨주기만 하면 잘할 수 있을 것 같았다. 그리고 희망이 샘솟았다.

　다음 해 일반직에서 종합직으로 전환할 수 있는 기회가 주어졌다. 매년 오는 기회가 아니기도 했고, 종합직으로의 전환이 목표였으므로 고민하지 않고 또다시 도전했다.

　그 결과 43세 때 종합직으로 전환하는 시험에 합격했고, 그와 동시에 부지점장으로 임명을 받았다.

　그때 회사에 처음으로 부지점장 직이 생겼고, 유일하게 여성은 나 혼자뿐이었다. 물론 여러 가지로 불안 요소도 많았지만 그만큼 희망도 컸다.

　3년간 부지점장으로 근무하면서 즐거운 일과 괴로운 일이 복잡하게 얽히고설켰는데, 즐거운 일보다는 오히려 인내해야 할 일이 더 많았다.

　여성이라는 점은 성의 차이일 뿐, 중대한 영향을 미칠 만큼 약점은 아니라고 스스로를 타일렀다. 하지만 돌이켜보면 그러한 사고를 한다는 것 자체가 성별의 차이를 커다란 장애라고 여긴 속마음이 아니었을까 싶다.

　부지점장은 어떤 업무를 맡을까. 나는 물론 내 주위에서도 애매한 직책에 적잖이 당황했다. 상사도 부하도 동료도 모두 여성 부지점장을 대하는 데 익숙하지 않았다. 무엇보다도 내 자신이 상황에 익숙지 않았고 또한 낯설었다. 그런 가운데서 맡은 일에 온 힘을 다했지만 부족한 점이 적지 않았을 것이다.

특히 100명에 가까운 부하를 거느리는 것이 심리적 압박이 되어 나를 짓눌렀다. 하지만 모처럼 부여받은 새로운 직책과 역할에 지나치게 얽매이지 말고 열심히 노력해야겠다고 다짐하며 업무에 집중했다. 훌륭한 부지점장이 되기보다는 여성이라는 개성을 좋은 방향으로 살려보자고 마음먹었다. 그래, 나답게 가자!

입사 이래로 내가 롤 모델로 삼고 동경하던 선배는 이렇게 말해 주었다.

"어떤 상황에서도 처음 가졌던 네 마음가짐을 바꾸지 마라."

이 조언은 무슨 일이 있거나 고민거리가 생길 때마다 스스로에게 질문을 던지고 나다움을 추스르면서 내 행동규범을 정하도록 하는 나침반이 되어 주었다.

내가 흔들리면 내 자신이 괴로운 법이다.

하지만 매일매일 '부' 라는 글자가 붙은 직책을 끌고 가기 위해 어려움과 괴로움을 통감해야 했다. '부' 지점장이라서 마음이 편하겠다는 말을 들은 적도 있지만, 이도저도 아닌 어정쩡한 위치와 권한에 상당히 애를 먹었다. 내 행동에 스스로가 당황했고, 어떻게 하면 좋을지 몰라 힘들 때도 적지 않다 보니 걱정이 끊이지 않았다.

종합해 보면 부지점장이라는 역할은 굉장히 힘들었지만, 지금까지 경험해 보지 못한 영역이라서 많은 공부가 되었다. 다양한 사람들과 만나며 주고받은 대화는 나를 성장하게 만들었고, '좋은 사람과 걸어가면 축제, 나쁜 사람과 걸어가면 수행'이라는 말을 실전으로 익혀 갔다.

그런 자극적인 나날이 계속되었다. 언제였는지 가물가물하지만 밤늦도록 야근이 이어지던 어느 날이었다. 매일 가중되는 업무와 압박감, 소화불량과 정신적인 스트레스 등으로 나도 모르는 사이에 마음의 여유를 잃었다.

"이제 더는 못 참겠어!"

나는 폭발하기 직전이었고, 순간순간 피가 거꾸로 솟구치는 것 같았다.

하마터면 책상을 주먹으로 세차게 내리치거나 발로 의자를 걷어찰 뻔했다. 그만큼 나는 격렬한 감정에 휩싸여 있었다. 실제로 행동으로 옮기거나 말로 표현하지는 않았지만 얼굴에는 감정이 그대로 드러나기 마련인지라, 남아 있던 영업사원들이 그런 내 상태를 다 알아차렸는지도 모른다. 그때 내 표정이 분명 이상했을 테니까.

'이런 날은 얼른 집에 돌아가는 게 낫겠다.'

스스로 마음을 다잡으며 귀가 준비를 서둘렀다. 그러자 두 명의 영업사원이 꼬치구이를 먹으러 가자고 권했다. 그들이 몸도 마음도 무기력해진 나를 붙들어준 것이다.

'내 상태를 간파하고 배려해 준 점은 고마웠지만 이런 기분으로 잘 마시지도 못하는 술을 마시다가 횡설수설할지도 모른다. 여성으로서 이래서는 안 된다. 더구나 상사인 내 입장에서 모양새도 좋지 않을 것이고, 무엇보다도 품위를 지켜야 한다.'

이런저런 생각을 하며 정중하게 거절했지만 결국 이기지 못하고 꼬치구이 가게로 갔다. 마음을 가다듬고 늘 하던 대로 "첫 잔 건배는 맥주로 합시다."라고 제안했다.

한참동안 서로 권하며 술을 마셨다. 온몸에 꼬치구이 냄새가 배일 정도의 시간이었다. 맛있는 꼬치구이와 시원한 맥주 덕에 조금 전까지 머리꼭대기까지 치밀었던 감정이 어디론가 사라지고, 오히려 마음에 여유까지 생겼다. 꼬치구이를 굽는 바로 앞자리에서 연기를 잔뜩 뒤집어쓰면서 객쩍은 대화를 나누었다.

그렇게 기분전환을 하고 "다시 열심히 하자!"라고 서로를 격려했다. 어깨에 얹힌 무거운 돌이 내려진 듯했고 숨통이 트였다. 바로 그때 부하직원이 말을 건넸다.

"부지점장님, 저희 앞에서는 얼마든지 약한 모습을 보이셔도 됩니다. 쓰러질 것 같으면 쓰러질 것 같다고 말씀하세요. 바로 부축해 드릴게요."

그 말을 듣자 감격하여 가슴이 북받쳐 올랐다. 억누를 수 없을 만큼 강렬한 감정이었나.

최악의 날이 최고의 날로 바뀌었다. 감사하는 마음으로 가득 찼고, 나 자신에게 너무 관대했음을 통감했다. 그날 수첩에 나는 다음과 같은 글귀를 적었다.

'강해지자!'

막다른 곳에 몰린 마음이 위안을 받고 격려를 받은 날이었다. 이 또한 깊이 각인된 기억 중 하나다.

뭐든 필사적으로 맞섰고, 나다움을 잃고 혼란스러웠던 마음을 이내 가다듬으면서 한 발짝 앞으로 나아갈 수 있었다.

그 무렵의 3년간은 사람에게 단련되고 사람들의 지원과 응원을 받아 한층 더 성장한 듯했다.

내가 힘들 때면 늘 많은 이들의 친절과 따스함으로 버텨냈기에, 그런 마음을 느끼게 해주고 성장하도록 도와준 사람들을 결코 잊어서는 안 된다고 새삼 다짐하곤 했다.

부지점장 직을 경험하고 3년이 지나 인사이동 통보를 받았다.

오사카로의 전근. 규슈를 떠나는 건 처음이었다. 종합직으로 바뀌었으니 타 지역으로 멀리 전근 가는 일도 어느 정도 예상하고 있었다. 그러나 전혀 분야가 다른 부서로 발령이 나서 좌천이 아닐까 하는 생각이 들기도 했다. 목표했던 궤도를 벗어났기 때문이다.

나는 소도시 작은 지점의 지점장이 목표였는데, 그와는 반대로 대도시로 발령이 나자 충격이 컸다. 왜 그랬을까? 세상사가 마음먹은 대로 이루어지지 않는다는 건 알고 있었지만, 그때는 좌절감이 나를 짓눌렀다.

어떤 의도로 나를 대도시로 보냈을까? 깊이 고민해 보고 침착하게 상황을 짚어보았다.

어차피 평가는 다른 사람이 하는 것인지라, '왜? 어째서?'라는 물음에 정작 당사자는 결론을 내리거나 답하는 것이 쉽지 않다.

"자네 같은 인재가 우리 지점에 오는 걸 기쁘게 생각하네."

전무가 특별히 격려의 전화를 걸어주었지만 그 발령이 달갑지 않았던 나에게는 왠지 위로의 말처럼 들렸다. 하지만 전무는 친절하게 대해 주었고, 나는 그에 감사하면서 그의 말을 믿기로 했다.

전근 통보 후 나에게 두 주일의 시간이 주어졌다. 그 안에 후쿠오카에서 오사카로 이사를 한 후 업무를 시작해야 했다. 전근 준비를 하느라 어수선해서 감상에 젖어 있을 시간이 없었으므로 오히려 정신건강에는 좋았을지도 모른다.

75세였던 엄마는 그때 마침 하시던 일에서 은퇴하여 4개월쯤 지나 있었는데, 즉시 결단을 내려 내 발령지로 함께 가주겠다고 해서 든든했다.

새로운 근무처는 종합직 여성을 처음으로 받아들인 부서였다. 직원들은 '어떤 사람일까?' 라며 몹시 궁금해 하는 눈치였다. 그곳은 지금까지 종합직은 남성, 일반직은 여성이라는 뚜렷한 구분이 공식이나 상식처럼 통하던 부서였다. 별안간 남성의 무리에 합류한 여성을 어떻게 대해야 할지 어리둥절해 하는 것은 당연했다.

주위 직원들은 친절했지만 나 자신이 익숙하지 않아서 힘들고 속상했던 일도 많았다. 그러나 한 팀을 내게 맡겨 주어서 최고의 멤버들과 만났고, 그들과 함께 일하면서 정신적으로도 많은 도움을 받았다. 이전의 경험을 살려서 내가 가진 장점을 발휘한다면 얼마든지 멋지게 해나갈 수 있을 듯싶었다.

좋은 인연은 나를 변화시켰다. 그때까지의 나는 최선을 다해 높은 자리에 올라가고 싶다는 욕망이 강했지만, 그 팀원들과 만난 후로는 그들에게 도움이 되는 존재이고 싶다는 열망이 강해졌다.

그들과의 만남은 전근 이후 나를 억누르고 있던 무거운 추를 하나씩 걷어내 주었고, 갑작스런 암 선고 후에도 '다시 한 번 여러분과 함께 일하겠다!' 라고 굳은 결심을 하게 하는 원동력이 되어 주었다.

지금 와서 돌아보면, 그것은 끊어질듯 가느다란 생명을 이어준 단단한 줄이었다고 여겨진다. 인간은 힘든 때일수록 사람의 진실함과 친절함을 깊이 인식하고 자신의 본질을 내보이게 되니까 말이다.

오사카에서 근무하는 동안 그들뿐 아니라 많은 사람들이 지지해 주고 격려해 주어 큰 힘을 얻었다. 만약 오사카로 옮겨가지 않았다면 아마도 이런 멋진 사람들을 만나지도 못했을 테고, 그들의 진정한 마음을 접할 수도 없었을 것이다.

29

이 모두는 나에게 필연이었다. 과정이나 이유야 어떻든 간에 오사카로의 전근은 내 인생에서 매우 중요하고 필요한 일이었다.

'왜? 어째서?'

우리는 인생을 살면서 종종 납득하기 힘든 일과 맞닥뜨린다. 그러나 정답 없는 질문들을 계속 던진다 한들 마음만 복잡해진다.

과거를 향해 질문을 던진다 해도 과거는 결코 변하지 않는다. 하지만 뒤돌아보지 않고 앞만 보고 걷는다면 마음이 한결 편해져서 유연하게 새로운 한 발을 내딛을 수 있다.

희망은 뒤에 있지 않고 항상 앞에 있으니까!

과거를 향해 질문을 던진다 해도

과거는 결코 변하지 않는다.

뒤돌아보지 않고 앞만 보고 걷는다면

마음이 한결 편해져서

유연하게 새로운 한 발을 내딛을 수 있다.

희망은 뒤에 있지 않고 항상 앞에 있으니까!

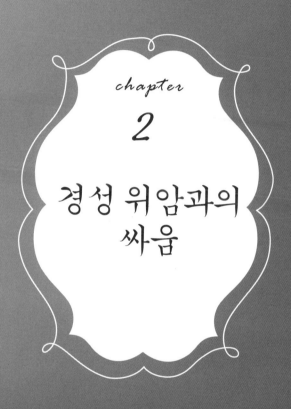

chapter

2

경성 위암과의
싸움

느닷없이 나를 덮친 경성 위암

'경성' 또는 '경화성'이란 '딱딱하다'는 뜻이다.

위암 환자의 10퍼센트 정도가 경성 위암이며, 20대 ~40대의 젊은 여성에게 비교적 많이 발병한다.

통상적인 위암과는 달리 암이 덩어리가 되지 않고 암세포가 위벽을 도배하듯이 퍼져서 위를 뒤덮고 딱딱하게 만들기 때문에 좀처럼 발견하기 어렵다. 배 안에도 작은 암세포를 드문드문 흩뿌려놓고 복막 전이 상태를 형성하므로 전이도 쉽고 다른 위암보다 진행이 빠르다. 말하자면 질이 나쁜 암이다.

이처럼 암세포가 흩어져서 증식하므로 발견도 어렵고 증식 속도도 무척 빨라서, 발견했을 때는 이미 손을 쓸 수 없는 경우가 많다.

내가 수집한 정보는 이 정도였고, 조사하면 할수록 받아들이고 싶지 않은 정보뿐이었다. 넌더리가 나서 조사를 단념하고 말았다.

"왜 내가 이런 몹쓸 병에 걸렸나?"

답을 알지 못한 채 부질없는 질문을 수도 없이 던졌다.

자각 증상과 징후

오사카에 전근한 후 약 1년이 지난 2006년 3월. 지금 생각하면 그 이전부터 징조가 나타났다.

최초의 징후라고 기억되는 시기는 후배의 송별회 때였다. 호텔의 중식당에서 모두와 시끌벅적하게 음식을 먹고 있는데, 갑자기 위가 빵빵해지는가 싶더니 트림조차 나오지 않으면서 음식이 꽉 찬 느낌이 들었다. 그대로 있다가는 위가 터져버릴 것만 같았다.

배에서는 트림이 나오려고 하지만 위의 입구에서 무엇

인가가 그것을 제지하는 것처럼 꽉 막혀 있었다. 복부에서 꾸르륵 꾸르륵 하고 끓어오르는 이상한 소리도 들려왔다. 묘한 상하운동이 위와 식도 부근에서 일어나고 있는 듯했다. 트림이 나오려고 했지만 무엇인가에 방해를 받아 전혀 밖으로 나오지 못했다. 괴로워서 견딜 수가 없었다. 숨조차 쉴 수 없었다.

그 괴로움을 더 이상 참을 수 없어서 화장실로 달려가 손가락을 넣어 억지로 토했다.

토하고 나니 한결 속이 편해졌다.

"왜 이러지? 과식해서 그런가?"

화장실의 거울을 보면서 고개를 갸우뚱했다. 고통이 심했지만 당시에는 이러다 괜찮아지겠지 싶은 마음으로 가볍게 흘려보내고 마음속에 담아두지 않았다.

그런데 그때부터 음식을 먹을 때마다 같은 상황이 반복되었다. 먹는 일이 점점 힘들어졌다. 피로가 풀리지 않고 몸이 나른한 날이 계속되었다. 매일매일 가시밭길을 걷는 듯했다.

위가 터질 것 같은데, 트림이 나오지 않는다는 것. 경험이 없는 사람은 짐작조차 할 수 없겠지만, 탄산음료를 마신 후에 전혀 트림이 나오지 않는 상태를 상상해 봐라. 몸에서 가스가 빠져나오지 못해 빵빵한 상태, 그야말로 배가 파열하기 직전의 풍선과 같은 느낌 말이다. 그 고통은 심상치 않았고, 정말 괴로웠다. 그 괴로움을 어떻게 표현할 수 있을지, 적합한 단어조차 떠오르지 않는다.

그런 상태가 계속되자, 먹을 때마다 험난한 일을 겪는 상황이 싫어져서 먹는 것 자체를 피하게 되었다. 당연히 식사를 비롯해서 먹는 양이 현저하게 줄었지만, 나는 크게 신경 쓰지 않고 그대로 방치했다. 그러다가 결국 어느 날 회의 도중에 쓰러지고 말았다.

아침 정례회의 때였다. 무언가 몸이 뻐근하고 무거웠다. 일상적으로 겪는 증상이었으므로 특별하게 여기지 않았는데, 오른쪽 어금니를 억지로 비틀어 뽑는 듯한 통증이 갑작스럽게 덮쳐왔다. 그다음에는 가슴이 조여 오면서 숨조차 쉴 수 없을 만큼 괴로웠다. 죽을힘을 다해 참아보았지만, 의지와는 상관없이 그 자리에서 쓰러지고 말았다.

회의 참석자들은 놀라서 어쩔 줄 몰라 했다. 잠시 누워 있으면 편해지리라 생각하고 긴 의자에 누우면서, 어떻게든 걱정을 끼치지 않으려고 웃는 표정을 지어 보였다.

"괜찮아요. 저 괜찮아요."

직원들을 안심시킨 후 잠시 쉬었다.

그러나 온몸에서 힘이 빠져나가 회복될 기미가 좀처럼 보이지 않았다. 오늘은 쉬어야겠다고 생각하고, 회사 동료에게 집에 데려다 달라고 부탁했다.

그날 나는 왠지 모를 불안감이 떨쳐지지 않아, 만일을 위해 주치병원에서 진찰을 받았다.

협심증이 의심된다는 결과가 나와 니트로글리세린을 처방받았다.

'협심증이라고?'

나로서는 납득하기 어려운 병명이었다. 지금 생각해 보면 암의 직접적인 영향이 아니더라도 이미 내 몸을 잠식하고 있던 암이 식욕을 저하시켜 체력을 빼앗고, 만성적인 빈혈 상태를 초래하고 있었던 것이다. 하지만 그때는 몸 전체가 약해져서 나타난 증상이겠거니 생각했다.

게다가 나는 공교롭게도 이미 '대동맥염증후군'이라는 질환을 앓고 있었다. 후생노동성에서 확정한 난치병이다. 그렇기에 순환기 계통의 질병에 대해서는 금방 납득했다. 니트로글리세린을 처방받아 조금은 두려웠지만, 내심 크게 신경 쓰지 않아도 된다고 생각했다.

팀원 모두에게 가볍게 결과를 보고했다.

"병이 없던 사람이라면 상당히 걱정되는 일이죠."

직원들은 자신의 일처럼 걱정해 주었다.

물론 크게 당황해야 마땅하지만, 내가 이미 만성 질환을 앓고 있었으니 크게 걱정하지 않았던 모양이다. 나 또한 별로 염두에 두지 않았다.

설마 8개월 후에 경성 위암을 선고받을 줄이야!

상상도 못한 일이었다.

자각 증상의 악화

회사에서 쓰러진 후에도 이전과 다름없이 일병식재[2]하는 자세로 생활했다.

매일 혼잡스런 공포의 출근시간에 지하철 미도스지 선을 타고 좋아하는 음악을 들으면서 견뎌냈다. 통근시간은 편도만으로 1시간 40분이 걸린다.

처음에는 이 긴 통근시간이 상당히 고통스러웠지만, 얼마 지나지 않아 대처법이 몸에 붙어 즐거운 시간으로 바뀌

---

2) 일병식재(一病息災) : 한 가지 병을 가진 사람이 그 병을 다스리려고 절제생활을 하는 덕에 다른 재앙도 막게 된다는 뜻.

었다. 오히려 자유시간이 주어진 듯했다.

　휴일에는 내 유일한 스트레스 해소법인 드라이브를 했다. 내 빨간색 애마는 오사카에서 크게 활약했다. 오사카, 고베, 교토 세 도시를 잇는 관광 거리 산도모토가타리를 포함해서 여러 곳을 돌아다녔다.

　여러 곳에 추억이 남아 있지만 그중에서도 아카시 해협 대교를 건너 아와지 섬에서 시코쿠까지 드라이브 갔을 때는 지금도 잊히지 않는다. 날씨도 좋아서 하늘 · 바다 · 바람이 하나가 되어 하늘과 바다의 푸른빛을 투명한 바람이 감싸고 있다는 느낌이었다. 상쾌했다. 유람선을 타고 눈앞에서 힘차게 소용돌이치는 나루토의 물살을 바라보며 엄마와 신나게 얘기하고 사진도 찍었다. 그날은 온종일 웃음이 떠나지 않았다.

　한가로운 휴일에는 가볍게 록코 산으로 드라이브를 갔고, 황금연휴 때는 극심한 정체 속을 뚫고 이세시마까지 떠났다. 시간만 나면 비와 호수, 히에 산, 나라 등 여러 곳으로 나들이를 갔다.

　제발 휴일에는 쉬라고 상사한테 핀잔을 들을 정도로 걱정을 끼치긴 했지만, 덕분에 헤아릴 수 없을 정도로 많은 추억이 쌓였다.

조수석에는 항상 엄마를 태웠는데, 무엇보다도 내 취미 생활과 엄마한테의 효도를 겸할 수 있어서 좋았다.

스트레스 해소를 위한 드라이브는 순조로웠지만 위의 상태는 변함이 없었다. 점점 식사량이 줄고 드라이브 중에 차를 세우고 토하는 일도 있었다.

팀 전원이 월말 업무 마감 후에 종종 회식을 했는데, 나는 맘껏 먹을 수 없었다. 점점 먹는 양이 적어졌다.

소문난 맛집에 토마토라면을 먹으러 갔을 때도 굉장히 맛있었지만 반이나 남겨서 아쉬웠던 기억이 있다. 다들 면을 먼저 먹고 거기에 밥을 넣어 리소토 풍으로 먹었다. 하지만 나는 이미 먹는 즐거움을 잃어서 다른 사람들이 맛있게 먹는 모습을 보는 것으로 만족해야 했다.

그런 상태가 계속되었으므로 오사카로 와서 함께 살던 엄마는 나를 몹시 걱정했다.

"부탁이니, 큰 병원에 가서 검사 한번 받아보자."

매일매일 채근하시는 엄마의 성화에 못 이겨, 태어나 처음으로 근처의 소화기 내과에서 코를 통해 내시경을 집어넣어 위 검사를 받기로 했다. 2006년 8월 8일이었다.

막상 검사 날에는 불안감이 밀려와서 끔찍한 결과를 상

상하기도 했다. 카메라를 입보다 코로 넣는 쪽이 편하다고 들었는데 실제로 받아보니 생각만큼 고통스럽지는 않았다.

의사는 진단을 한 다음, 위에 기능장애가 있어 움직임이 활발하지 않다면서 '위 무력증'인 것 같다는 소견을 말해 주었다.

"위 무력증이라고요?"

들어보지도 못한 병명이었다.

나는 의사에게 농담반 진담반으로 암이 아니라서 다행 이라고 말했다. 아니다. 진담 쪽이 더 컸지만 내심 안심이 되어 한 말이었다.

"전근과 업무의 변화, 스트레스가 원인이겠지요."

의사는 한약을 처방해 주었다. 혈액 검사 결과에 빈혈이 라는 수치가 나와 철분제 주사를 맞았다. 한결 편해졌다. 몸이 뻐근한 것도 그 탓이라고 했다. 제대로 먹지도 못하 고 빈혈 증세까지 있으니 당연히 힘든 거겠지. 만일에 대 비해서 추가로 8월 22일에 초음파 검사도 받았지만 결과 는 바뀌지 않았다.

진단 결과가 하나둘씩 나오자 의문이 풀리면서 찜찜했 던 마음이 조금은 가벼워졌다. 덕분에 정신적으로도 안 정되고, 한약 복용으로 이전보다 편해진 느낌이 들었다.

하지만 그 후로도 기대와는 달리 식사량은 더욱 줄어들었고 몸 상태도 개선되기는커녕 더 나빠졌다.

만성적인 영양 부족은 업무 종료 후의 간식시간에 겨우겨우 보충했다. 정해져 있던 간식시간에는 저마다 간식거리를 조금씩 가져와 편안한 상태에서 나눴는데, 비록 짧은 시간이지만 하루의 피로를 치유해 줄 정도로 즐거워서 야근하는 데도 도움이 되었다.

물론 업무도 충실하게 해나갔다. 당시 내 머리와 몸은 별문제 없이 잘 움직이고 있었으니까.

검사를 받고 나서 1개월도 채 지나지 않은 여름의 막바지, 9월 초였을까? 이번에는 지하철역에서 환승 도중에 쓰러지고 말았다.

이상하다. 스트레스와는 별개로 몸이 좋지 않은 걸까? 의식이 흐려지려는 순간 문득 그런 생각이 들었다. 역무원은 벤치에 쓰러져 있던 나를 휠체어에 태워 역장실의 침대로 옮겨주었다. 친절한 분이었다.

침대 속에 누웠을 때 '괜찮은 걸까?' 하는 불안감이 엄습해 왔지만, 침대로 빨려 들어가듯이 잠에 빠져들었다.

이번에는 앞서 쓰러졌을 때보다 훨씬 더 두려움이 컸다. 불안감이랄까 공포감이 더해졌다.

그날은 병원에서 정맥에 영양주사를 맞고, 다음 날 평소와 같이 출근했다. 하지만 자숙하는 의미에서 드라이브는 그만두기로 했다. 힘들 때면 차라리 하루쯤 휴가를 내자고 마음먹었다.

그 무렵이었다. 몸에 이변이 일어났다.

명치 부근에 딱딱한 것이 만져졌다.

"이게 뭐지?"

소리 없이 다가오는 진실

명치 부근에서 올강거리는 것은 사라질 기미를 보이지 않았고, 만질 때마다 기분이 나빴다.

9월 14일. 불안감이 가중되던 차에 때마침 회사에서 성인병 진단을 실시했다. 도대체 이 딱딱한 물체는 무어란 말인가. 초음파 담당 의사에게 물어보았으나 걱정 말라는 말만 돌아왔다. 며칠 후 내 앞으로 도착한 검진 결과에도 '문제없음'이라고 표시되어 있었다.

그런데도 불안해서 견딜 수가 없었다.

"아무 문제가 없다니, 그럴 리가 없어."

강한 확신이 내 마음속에 자리하고 있었다.

그도 그럴 것이, 매일 밖에서 점심을 먹었으나 그즈음에는 아주 조금밖에 먹지 못해서 엄마가 만들어준 작은 도시락을 가지고 다니며 점심을 해결했다. 식후에 커피를 마시기라도 하면 어김없이 커피를 토하는 등, 식사 후에 수분조차 제대로 섭취하지 못하는 날이 계속되고 있었다. 그런 상태인데, 내 몸에 문제가 없다는 것이 아무래도 미심쩍었다.

복부에서 만져지는 덩어리는 끔찍하게 여겨졌고, 점점 내 불안을 팽창시켰다. 그리하여 의심쩍은 이 덩어리에 대해 진저리칠 만큼 매달리고 매달렸다.

10월 17일. 한 달에 한 번씩 난치병으로 검진 받고 있던 병원에도 알아보았다. 또한 일본에서 순환기 전문병원으로 이름난 주치의에게도 물어보았다.

순환기 전문의에게 위에 대해 묻는다는 것이 경우가 아니라고 생각했지만 달리 방법이 없었다.

"선생님, 식사도 조금밖에 못하고 그나마 먹자마자 토해버려요. 게다가 여기 복부에 덩어리가 만져져요."

늘 침착한 태도를 보이는 의사는 평소에도 불필요한 말은 하지 않았다.

"체중은 어때요? 줄었나요?"

"네. 그리고 며칠 전에는 역에서 쓰러졌어요. 빈혈인 것도 같고……."

몇 번 검사를 했지만 진단 결과가 납득되지 않았으므로 어떤 상황인지 정확하게 알고 싶기도 했다. 그러나 한편으로는 '물어보지 말고 이대로 가만히 있을까.' 라는 생각이 들어 나답지 않게 우물거리며 설명을 제대로 못하고 있는데, 딱딱한 부분을 만져본 의사의 얼굴색이 순간 변하는 것이 눈에 들어왔다.

원내 전용 휴대전화로 연락을 취하더니 곧바로 초음파 검사를 받게 했다. 초음파를 담당한 여자의사는 영상을 보면서 혼잣말처럼 중얼거렸다.

"위벽이 왜 이렇게 두껍지?"

뭔가 이상하다는 표정이었다. 그리고 주치의에게 연락했다.

두 명의 의사가 영상을 보면서 비교적 신속하게 결론을 내렸다.

나를 진찰실로 부른 주치의는 지금까지와는 달리 긴박하게 대응했다.

"곧바로 소화기 전문병원에서 재검사를 받으세요. 진단서를 써드리겠습니다."

내 불안은 '현실이 되었구나.' 라는 확신으로 바뀌었고, 물이 밀려들어오듯 진실이 조용히 다가오고 있었다.

8월의 위 내시경 검사 때는 스트레스 때문이라고 했고, 9월의 회사 건강진단에서는 문제가 없다고 했다. 그런데 지금 와서 무슨 날벼락이란 말인가. 문득 이전의 문제없다는 결과를 정당화시키며 매달리고 싶었다. 하지만 그러기에는 상황이 너무나 좋지 않았고, 어찌할 바를 모를 정도로 머릿속이 뒤죽박죽이었다.

재검사 직전의 온천여행

그처럼 절박한 상황이었음에도 다음 날인 10월 18일부터 예정되어 있던 시로사키 온천으로의 여행을 엄마와 함께 떠났다.

불안한 건 사실이었다. 그러나 하루 이틀 늦어진다 해서 크게 달라질 일도 아닐뿐더러, 지금 떠나지 않으면 다시는 갈 수 없을 것 같은 불길한 예감이 들었다.

드라이브를 좋아하는 나는 기꺼이 핸들을 잡고 소리쳤다.

"Let' s go!"

날씨도 화창하고 고속도로도 뻥 뚫려서 상쾌했다. 내 차는 씽씽 속도를 내면 신기하게 생기가 넘친다. 몸노 마음도 개운치 않았지만 기분이 좋았다. 몸과 마음을 내리누르고 있던 돌이 잠시나마 날아가 버린 듯했다.

하지만 휴게소에서 점식을 먹은 후에도, 온천여관에서 맛있는 전통요리를 먹은 후에도 결국 다 토해냈다. 줄곧 몸이 음식을 받아들이지 못하는 상태였으므로, 엄마와 나는 어느 정도 익숙해져 있어서 크게 괘념치 않았다. 마음 한구석이 편치 않았지만 온천을 만끽한 즐거운 여행이었다.

예상대로 곧이어 여행 따위는 생각조차 할 수 없는 상황이 닥쳐왔다.

불안한 마음으로 재검사

여행에서 돌아왔고, 다음 월요일인 10월 23일. 아침 일찍 순환기 병원에서 써준 소개장을 들고 전에 내시경 검사를 받은 소화기 내과로 향했다.

의사선생님은 소개장 내용과 내 진료카드 내용을 컴퓨터로 확인하며 즉시 재검사 받을 병원을 소개해 주었다. 본인이 개업하기 전에 근무한 '암 전문병원'이었다. 의사선생님은 훗날을 생각해서, 그 병원에서 검사를 받는 게 좋겠다고 말했다.

"그 병원에 위암의 권위자이며 제가 존경하는 훌륭한 의사선생님이 계십니다. 직접 연락을 해놓겠습니다."

별안간 암이라고?

"훗날을 생각해서라니요……. 혹시 검사 결과가 좋지 않을 거란 말씀이세요?"

"만약 경성 위암이라면 치료가 빠를수록 좋으니, 최악의 상황을 가정해서 드리는 말씀입니다."

나는 이날 처음 '경성 위암'이라는 병명을 들었다. 그리고 의사는 여러 번 경성 위암이라는 병명을 거론하며 설명을 했다. 거의 확신하는 모양이었다.

이전에 어디선가 '경성 위암'이라는 단어를 들은 적이 있다. 그다지 좋지 않은 병이라는 것도 안다.

아직은 검사 전이었기에 나는 "경성 위암이면 큰일이군요."라며 남 이야기하듯이 의사의 말에 반응했다. 어쨌든 보다 정밀하게 검사를 해봐야 알 수 있는 거라며 스스로를 타일렀다.

하지만 '정말 암이 아닐까?' 하는 걱정이 마음 한쪽을 짓눌렀다.

집에 돌아와 곧장 인터넷으로 검색해 보았다.

'진행성 악성 암으로 성질이 매우 고약하다. 수술을 하더라도…… 만일 수술하지 못한다면…… 급격히 악화……'

무시무시한 말이 수도 없이 나열되어 있었다. 소름이 끼쳐 그만 컴퓨터를 꺼버렸다.

그날 수첩에다 '이제 일할 시간이 얼마 남지 않았을지도 모른다. 그렇다면 더 화끈하게 일해 보자.'라고 써놓았는데, 지금 생각하면 목숨이 백척간두라는 사실을 깨닫지 못한 채 속 편한 소리를 하고 있었던 거다. 일에 희망을 걸 상황이 아니었는데…….

하지만 그다음에는 이렇게 썼다.

'사실은 지금 몹시 불안하다. 걱정해 봐야 소용없겠지만 떨리고 무섭다.'

솔직히 두려웠다.

여러 가지 일들이 단숨에 내 사고 속도를 앞질러서 찾아왔다. 소개받은 암 전문병원의 위암 권위자이신 의사선생님은 온화한 미소를 지으며 친절하게 설명을 해주었다. 대화만 나눠도 마음이 따뜻해지는 분이었다. 설명을 듣고 나니 긴장으로 굳어 있던 어깨도 가벼워지고 간신히 숨도 쉴 수 있게 되었다.

CT, 위조영 검사를 했다. 바륨 용액을 들이킬 일을 생각하니 고통스러웠다. 식후에 마시는 커피조차 넘기지 못하고 토해 버리는데 걸쭉한 용액을 한 컵이나 마셔야 한다니, 이 또한 죽음의 예행연습 같았다.

'아아, 이걸 어찌 견뎌야 하나.'

그렇게 생각하며 검사대에 올라가 먼저 위를 팽창시키는 탄산 같은 과립형의 약을 삼켰다.

"배가 터질 것 같아!"

괴로워서 견딜 수가 없었다. 팽창하지 않는 위를 억지로 팽창시켜야 하니 고통이 뒤따르는 건 당연했다.

검사 담당 직원은 그 상황을 예견하고 있었던 듯 내내 곁을 지키며 "괜찮아요. 긴장하지 마시고 천천히 따라하시면 돼요."라며 격려해 주었다.

걱정했던 바륨도 한 컵이 아니라 한두 모금 마시는 정도로 끝났다. 다행히 적은 양으로도 위가 제 모습을 보여주었다.

그러나 담당 의사는 이미 알고 있었던 것이다. 검사실 창 너머에서 컴퓨터 화면에 투영된 내 위를 보며, 이미 정상이 아니라는 것을.

경성 위암 선고

참 많이 울었다.

지금도 그때의 기분은 말로 표현하기 어렵다. 충격이라는 말도, 눈앞이 깜깜해졌다는 말도 맞지 않는다.

지금까지의 삶이 한순간에 흑백으로 정지하여, 빛이 달아난 세계에 나 홀로 서 있는 기분이었다. 세상의 모든 풍경이 눈에 들어오지 않았다. 허공에 둥둥 떠 있는 기분이었다.

'이건 아니다. 이럴 수는 없다.'

눈물이 쉬지 않고 흘러내렸다.

위조영 검사 후 사흘이 지난 11월 13일, 위암의 권위자인 내 담당 의사가 직접 내시경 검사를 했다. 이번에는 입으로 넣어서 하는 검사였다. 그리 고통스럽지는 않았다.

검사를 막 끝내고 침대에 누워 있는데, 의사가 간단명료하게 '선고' 했다.

"경성 위암입니다."

위 카메라를 위에서 막 꺼낸 참이라 멍하니 의사에게 되물었다.

"초기인가요?"

"아닙니다."

"그럼 말기예요?"

"아닙니다."

두 번의 부정에 충격과 희망이 교차했다.

암 선고. 뭔가 좀 거창하고 비장할 것 같았으나, 마치 감기에 걸렸다고 말해 주듯 간단명료하게 내린 선언이라서 오히려 당황스러웠다.

저녁 무렵, 엄마와 함께 다시 진찰실로 들어갔다.

사진에 찍힌 내 위는 흡사 마른 나뭇가지처럼 가늘었다. 저게 위인가 싶었다.

이제껏 명치 언저리에 단단하게 잡히던 것은 경성 암으로 뒤덮여 가늘고 딱딱해진 위주머니였다. 그제야 그동안의 막연한 문제들이 다 풀렸다.

사진을 줄곧 바라보던 의사가 "어떻게든 해드리고 싶은데……."라고 작게 중얼거렸다.

그 말뜻은 뭐지?

온갖 상상이 머릿속을 헤집고 다녔다. 세포 검사도 양성이었고 종양마커[3] 수치도 정상이었는데, 위조영 검사와 CT 촬영, 위 카메라 검사의 결과물은 다른 곳을 가리켰다. 위의 생김새며 위벽의 두께와 협착 상태. 경화성 암이었다.

"경성 위암입니다. 바로 수술합시다."

의사가 말했다. 나도 바라는 바였다. 저 마른 나뭇가지 같은 위를 얼른 떼어내고 싶었다. 그랬음에도 뭔지 모를 무엇인가가 치밀어 오르며 눈물이 흘러내렸다. 한참을 소리 죽여 흐느꼈다.

이제 양 극단의 내가 공존했다. 냉정하게 수술에 대한 설명을 듣고 있는 나와, 하염없이 눈물을 흘리는 나.

눈물이 멈추지 않는데도, 오히려 의사를 위로하듯이 "전 괜찮아요, 전 괜찮아요."라며 울었다. 곁에 앉아 있는 엄

---

3) 종양마커(腫瘍marker) : 암세포가 체내에 존재하고 있을 때 특이하게 생성되어 암의 진단이나 병세의 경과, 관찰 등에 지표가 되는 이상 물질의 총칭. 종양표지자라고도 한다.

마도 의식하지 않은 채 그렇게 계속 울었다.

그때 엄마의 마음이 어땠을지 지금 생각하면 가슴이 저려온다.

'나는 왜 울고 있나? 눈물은 왜 그치질 않으며, 마음은 또 왜 이렇게 아픈가……'

내가 우는 동안 모두 말없이 기다려주었다. 의사와 이야기가 끝난 후, 간호사에게서 입원 수속 설명을 들으면서도 울었다.

하지만 나는 냉정하게 새겨들었다. 본능과 이성의 공존. 본능은 눈물을 쏟고, 이성은 앞으로 닥칠 일에 귀를 기울였다.

내가 생각해도 그런 나 자신이 놀라웠다.

길었던 하루. 밖은 이미 어두워져 있었다. 하루가 지나지 않는데도 병원에서 있었던 일이 까마득하게 느껴졌다.

이제는 더 울 기력도 없다. 이 모든 일을 묵묵히 받아들여야 한다.

어떻게 나한테 이런 일이 일어났을까.

모든 사고(思考)가 멈추고, 텅 비어버린 내 몸은 무기력했다.

'사랑의 힘'으로

수술은 앞으로 2주 남았다. 이제는 울지 않고 그런대로 씩씩하고 침착하게 일을 했다. 그러나 마음속은 설명할 수 없는 허무감에 젖어 있었다. 일상은 무감각했다.

선고 다음 날 우선 회사에 출근했다. 내 상태를 설명한 후 장기휴가를 내고, 그동안 걱정해 주었던 고마운 후배들에게 작별인사를 한 나음 간단한 인수인계를 마쳤다. 항암제를 맞으면 머리카락이 빠진다는 것을 상정하고 긴 머리도 싹둑 잘랐다.

병원비도 조금 걱정이 되었다. 수술비용은 얼마쯤 들까? 암 치료 비용이 만만치 않다고 들어서, 가입해 놓은 보험 내역을 확인한 뒤 알기 쉽게 파일로 정리했다.

그리고 만약에 대비해서 긴급연락망도 만들어두었다. 또한 순환기 전문병원을 찾아가 지금까지 갖고 있던 내 난치성 지병과 관계없이 수술할 수 있다는 허가를 받았다. 마취과에서 수술에 필요한 진찰도 받았다.

한번은 입원에 필요한 물품을 사러 나갔다 돌아오는 길에 엄마와 함께 케이크 가게에 들렀다. 위를 떼어내면 한동안은 먹기 힘들 테니 먹어두고 싶었다. 웬일로 접시를 깨끗이 다 비웠다.

그렇게 하루하루가 바삐 흘러가다 보니 눈물을 흘리거나 우울해할 겨를이 없었다. 그러나 무슨 일을 해도 공허하고, 시간이 텅 비어버린 느낌은 지워지지 않았다.

그 과정 속에서 내 주위에서는 재빠르게 '보호망'을 엮고 있었다.

먼저 우리 가족이 병으로 상처받은 나를 사방에서 굳게 지켜주었다. 엄마의 크나큰 사랑. 그런 엄마를 혼자 두고 입원하는 게 제일 마음에 걸렸는데, 올케언니가 선뜻 일을 그만두고 오사카로 와주었다. 그리고 사랑하는 오빠들, 우리 언니. 나는 사남매 중 막내다.

위로의 말을 잘하지 못하는 작은오빠지만 "걱정할 것 없어. 우리가 있잖니."라며 손을 꼭 쥐어주었고, "힘내는 거야! 아무것도 두려워 마. 넌 분명히 이겨낼 수 있어."라며 울먹이던 큰오빠, "아무 일도 없을 거야."라고 힘주어 말하던 우리 언니.

온 가족이 똘똘 뭉쳐 엄마와 나를 지켜주었다. 모두들 회사도 쉬고 달려와 주어, 한편으로는 미안하면서도 기쁘고 든든했다. 지금도 여전히 우리 형제는 나를 '수호' 해주고 있다.

무엇과도 바꿀 수 없는 내 삶의 35년 지기 두 벗도 있다. 암을 선고받은 후 나는 그들에게 메시지를 보냈다.

'늘 병을 달고 살긴 했지만, 이번이 고비인 것 같아.'

친구는 그 메시지에 넋이 나갔던 모양이다. 부들부들 떨리는 손가락을 필사적으로 움직여 답을 보냈다는 사실을 나중에야 알았다. 답신 메시지에서 그런 느낌을 감지하지 못해서 당시에는 짐작조차 못했다.

'지금껏 험난한 고비마다 잘 극복해 온 내 친구야! 이번에도 너는 잘 헤쳐 나갈 거야.'

친구의 든든한 격려의 말에 '그래, 늘 그래 왔잖아. 이번에도 잘할 수 있을 거야.'라고 혼잣말을 하는데, 눈물이 왈칵 쏟아졌다.

친구들은 후쿠오카에서 한달음에 와주었다. 얼굴을 마주하는 것만으로도 서로를 이해해 주는 귀한 내 친구들. 울지 않겠다고 다짐했다. 친구들과 같이 있는 동안, 눈물을 꾹 참고 즐거운 시간을 보내려고 애를 썼다.

친구들과의 시간이 꿈결같이 흘렀다. 신오사카역 앞 호텔까지 두 사람을 배웅하고 돌아와 전화로 고맙다고 말하는데, 그만 참았던 눈물이 쏟아지고 말았다.

말문이 막힌 내가 엉엉 울자, 친구들도 따라 울었다.

'나 안 죽어. 우리 꼭 다시 만나자.'

전하지 못한 말을 마음속에 깊이 간직했다.

그리고 정 많은 오사카의 친구들. 그들은 넉넉한 웃음과 따스한 마음으로 나를 격려해 주었다.

"힘내!"

"지면 안 된당께!"

'지면 안 된당께!' 라는 오사카 사투리는 그날 이후 내가 제일 좋아하는 말이 되었다.

이처럼 많은 이들의 진심 어린 격려는 비록 몸은 힘들지라도 마음만은 아프지 않게 해주었다. 그들의 힘찬 응원은 나를 절망의 바닥에서 끌어내 주었다.

2주 동안 받은 사랑과 위로, 따스함은 내 안에 씨를 뿌려 병과 맞서서 싸울 힘으로 싹을 틔웠다.

말로는 값을 길 없는 '사랑'의 품은 너무나 따뜻했고, 병에 대한 나의 '파이팅 포즈'는 지금도 진행형이다.

그리고 입원

2006년 11월 24일.

경성 위암 선고를 받은 후 순식간에 11일이 지나고 입원일이 돌아왔다. 특별히 각오 같은 건 하지 않았다. 담담하게 무거운 몸을 일으켜 길을 나섰다.

암 거점병원.

아주 근사한 병원이다. 로비는 천장이 맨 위층까지 훤히 트였고 한쪽에는 그랜드피아노가 놓여 있다. 처음 왔는데도 호텔을 연상시키는 안락한 분위기에 마음이 조금 놓였다.

치료 기간이 얼마나 될지 모르지만, 힘든 치료를 받는 환자에게는 병원 환경이 중요한 역할을 해준다. 건물은 깨끗했고 시설도 잘 정비되어 있었다. 환자가 조금이라도 스트레스를 받지 않도록 꾸며져 있었다.

병실은 북쪽 건물의 5층 외과동이고 4인실이었다. 창가라서 바깥 풍경이 훤히 내다보였다. 옆 침대 환자들과 이야기도 나눌 수 있어서 1인실을 쓰기보다는 덜 외로울 것 같았다. 다섯 번의 입원으로 병실을 드나들다가 자연스레

체득한 사실이다.

하지만 이러한 점들이 나의 암 치료에는 해당되지 않는 다는 사실을 나중에 뼈저리게 깨달았다. 병실에 들어가 미리 준비해 둔 연하늘색 면 옷으로 갈아입은 다음 짐도 정리하고 이리저리 분주하게 움직였다.

이젠 그럴 일이 없겠지만……

창 너머 푸른 하늘은 저리도 고운데, 내 마음은 몹시 공허했다.

해가 뉘엿뉘엿할 때 꽃 배달원이 깜짝 등장했다. 내가 좋아하는 노란색 꽃다발.

존경하고 동경하는 도쿄의 선배가 보낸 꽃다발이었다. 역시 그녀답다. 사람의 마음을 헤아려서 적절한 시간에 선물을 보내준 그녀의 배려가 눈물겹도록 고맙고, 행복했다. 병실이 환해지고 내 마음도 밝아졌다.

다음 날은 후배들이 찾아왔다. 입원해 있을 동안 필요한 양말이며 하마가 그려진 생필품, 분홍색 꽃과 웃음을 남기고 갔다. 그다음 날은 오사카의 친구들이 오렌지색 꽃을 한 아름 안고 왔다.

텅 비어 있던 병실이 색색의 꽃으로 장식되었다. 모두가 듬뿍듬뿍 안겨주고 간 화사한 선물로 잠시나마 가슴 한구석이 따스해졌다.

폭풍 전야. 그렇듯 평온한 사흘이 지났다.

수술 설명과 수술 동의

입원 전에도 주치의가 '위암 설명서' 대로 수술에 대해 꼼꼼하게 설명해 준 적이 있다. 그때는 앙상한 나뭇가지 같은 내 위의 형태에 충격을 받아 나부터도 당장 떼어내 버리고 싶은 심정이었다.

수술을 앞두고 의사의 설명을 듣다 보니 실감이 들면서 두려움이 앞섰다.

수술 전날

검사한 위 사진이 걸린 곳에서 집도의 H 의사, 담당의 S 의사, 담당 간호사 그리고 나와 엄마, 후쿠오카에서 온 올케언니까지 여섯 명이 둘러앉았다.

이번에 듣는 설명은 좀 더 상세하고 무시무시한 것이었다.

먼저 수술 내용.

"위를 전부 절제하고 담낭과 비장도 적출해서……."

"위만 떼어내는 게 아니었어요?"

나는 말을 막고 불쑥 질문을 던졌다.

지난번에 이미 들어서 새삼스러울 게 없는 이야기인데도 막상 눈앞에 닥치자 두려움이 엄습했다. 대략 기억을 더듬어보니, 위 전체를 적출할 경우 그다음에 미칠 영향을 고려하여 같이 떼어낸다는 설명이었다.

이어서 경성 위암은 위벽에 퍼지면서 작은 암세포를 배 속에 뿌리는데, 그 양이 적을 시에는 떼어내지만 넓게 퍼져 있을 시에는 떼어내지 않고서 이렇게 자르고 저렇게 붙이며, 수술 합병증으로 봉합부전이나 복막염, 폐렴이나 장 폐색, 뇌경색이 올 수도 있다는 설명을 했다.

특히 내 경우는 지병으로 인해 오른팔의 맥을 짚을 수 없는 상태였다. 게다가 그동안 머리로 혈액을 보내는 경동맥에 문제가 있어 약을 복용해 왔는데, 그 때문에 면역력이 저하된 상태라서 다양한 감염 가능성도 우려되는 상황이었다.

대동맥염증후군 환자가 경성 위암 수술을 받게 된 경우는 내가 처음이라고 했다. 하지만 만약의 사태가 일어나면 충분히 대응할 수 있도록 만반의 준비를 하겠다는 등의 설명이 한 시간 동안 이어졌다.

내 얄팍한 가면은 완전히 벗겨지고 말았다.

이젠 경성 위암보다도 수술이 더 두려웠다. 설령 수술이 무난히 끝난다 해도 합병증에 시달리지는 않을까, 끔찍하고 두려워서 잉잉 울었다.

"그렇게까지 수술을 꼭 해야 하나요?"

눈물범벅이 된 채, 나는 호소하듯 물었다.

그때 따스하게 미소 지어주던 의사선생님의 눈빛, 나를 안쓰러운 눈길로 바라보던 그 눈빛이 지금도 선명하게 떠오른다.

의사는 이미 알고 있었다. 한시라도 빨리 손을 쓰지 않으면 안 될 정도로 위태로운 상태라서 이렇게 서두르지만, 수술이 불가능할 수도 있다는 사실을……

설명과 동의

병의 상태나 수술에 관한 상세한 '설명과 동의'는 매우 중요한 사항이다. 환자의 알 권리로서, 병원이 환자에게 알려줄 의무다.

그러나 나는 아무리 설명을 들어도 마음을 다잡는 것만으로도 버거웠다.

암 선고를 받은 이후로 죽을힘을 다해 견뎌왔다. 그 모든 설명을 받아들이고 이해할 만한 마음의 여유가 없었다.

그저 도망치고 싶을 뿐이었다.

이대로 도망칠 수는 없어

한동안 눈물이 멈추질 않았다. 아슬아슬하게 막다른 벼랑에 서 있는 내 모습이, 바람 앞의 촛불처럼 간당간당한 내 목숨이 슬펐다. 병실로 돌아와 커튼으로 둘러싸인 침대에 누워 운명을 거역할 수 없는 현실과 홀로 마주했다.

실컷 울고 나니 조금 안정되었다. 깊이 심호흡을 했다.

'그래 더는 두려워 말자. 이제 그럴 시간이 없다. 내일이 수술이다. 굳게 마음먹고 용기를 내자.'

계속해서 다짐했다.

정신이 멍하면서 머릿속은 어둠으로 꽉 차 있었고, 마음속에는 폭풍우가 몰아쳤다.

그때 의사 S가 커튼 사이로 살짝 얼굴을 내밀었다. 언제 봐도 밝은 기운이 가득한 그녀. 의사 S는 여의사다. 많은 얘기를 나누지는 못했지만 나와 눈을 맞추며 "우리 같이 힘내요!"라고 북돋워 주었다.

고독한 싸움이라 생각했는데 '우리 같이'라는 말이 몹

시 반가웠고, 그 말이 가슴에 깊게 스며들었다.

길을 건너기 위해 건널목에서 버튼을 누르고 출발점에 서 있는 기분이었는데, 조금씩 냉정을 되찾자 두려움의 충격으로 잊고 있던 '병에 맞서는 파이팅 포즈'가 떠올랐다.

'도망친들 무슨 소용이 있겠어. 그래, 힘내자! 질 수는 없잖아. 절대로!'

몇 번이고 되뇌며 다짐하고 또 다짐했다. 한계선에 서서 포기하지 않고 맞서겠노라고 단단하게 마음먹었다.

앞만 보고 나아가자고 결심하는 순간, 아까와는 달리 길이 조금씩 보이기 시작했다.

이제 절망하거나 뒤돌아보지 않기로 했다.

다짐하고 또 다짐했건만 수술 전날 몸과 마음이 지칠 대로 지쳐 있었다. 잠을 자둬야 할 것 같아서 간호사가 준 수면 유도제를 먹었다.

승부는 바로 내일이다.

가족들만 알았던 3개월 남은 생명

내가 병실로 돌아와 '지지 않아. 반드시 이겨낼 거야.'라고 온 힘을 다해 다짐하며 몹쓸 경성 위암 녀석에게 파이팅 포즈를 날리고 있을 때, 올케언니는 충격적인 진단 결과를 들었다고 한다. 나는 그 사실을 일 년 반이 지나서야 알게 되었지만……

담당 의사가 가족들에게만 내게 남은 시간을 얘기했기 때문이다.

사전 동의(informed consent) 서류에 서명이 끝나고 내가 병실로 돌아간 것을 확인한 후에 올케언니가 의사에게 물어보았다고 한다. 이 세상에서 내가 살 수 있는 시간을……

의사는 "수술을 한다 해도 생존율은 통상적인 위암에 비해 50% 정도이고, 수술이 불가능한 상태라면 생존기간은 3개월 정도입니다."라고 말했다고 한다.

내 인생의 폐막은 너무나 빨랐다.

의사의 말을 듣고 올케언니는 큰 충격을 받았지만, 그럼에도 당시에 나와 엄마에게 말하지 않았다. 이 점은 지금도 고맙게 생각한다.

당시 나는 경성 위암 선고와 수술, 합병증에 관해 알고 나서 심한 충격을 받았지만 죽을힘을 다해 병마와 맞서 싸우겠다고 마음을 다지고 있었다. 그런 나에게 살날이 얼마

남지 않았다면서 남은 시간을 알려주었다면, 아마도 버텨내지 못했으리라.

순식간에 덮쳐온 운명의 장난에 심신이 휘둘리고 있을 때라서 죽음에 대한 현실감이 희박했다. 그런 나에게 남은 시간을 알려주었더라면 분명 나는 받아들이지 못했거니와 견뎌내지도 못했을 것이다.

남은 수명. 어쩌면 환자가 본인의 의지대로 남은 인생을 살아갈 수 있도록 당사자에게 알려주는 것이 옳을지도 모른다. 하지만 나는 그때 듣지 않아서 다행이었다.

올케언니도 수술에 대한 설명을 들은 다음, 울고 있는 나에게 사실을 말할 엄두가 나지 않았으리라. 내가 그 입장이라도 마찬가지였을 테니까 말이다.

나에게 알릴까 말까, 그때 가족들은 얼마나 끙끙거리며 속을 태웠을까……. 한쪽 구석에 깊이 숨겨둔 채 아무것도 모르는 양 행동할 수밖에 없었으리라.

당사자에게 말할 수 없었던 가족들의 마음고생이 얼마나 컸을까……. 올케언니에게 큰 고통과 고민을 짊어지게 해서 미안했다.

올케언니는 전혀 표내지 않고 있다가, 면회시간이 끝나자 밝은 얼굴로 엄마와 함께 병실을 나섰다.

그날은 나와 가족이 정신을 차리지 못할 만큼 충격을 받은 시련의 날이었다.

마침내 수술 당일

약 기운 때문인지 뜻밖에도 숙면을 취했다. 수술 당일은 아침부터 분주했다. 속을 비우기 위해 전날에는 설사약을 먹었고 아침에는 관장을 했다.

"변을 다 눴어요."라는 자진 보고만으로는 끝나지 않았다.

간호사는 "다 눴으면 물 내리지 말고 보여주셔야 해요."라고 말했다.

'이런! 다 큰 어른이 배설물을 보여주어야 하다니……'
부끄러웠다.

'어쩌면 이런 상황은 시작에 불과할지도 몰라. 앞으로 이런저런 힘들고 괴로운 일들이 벌어지겠지. 그럴 때마다 놀랄 수는 없어.'

환자로서 철저하게 마음의 준비를 하자고 결심했고, 자잘한 일들로 우왕좌왕하는 동안 수술 준비는 담담하게 진행되고 있었다.

수술 중 심부정맥 혈전증이 발생하지 않도록 꽉 조이는 긴 양말을 신고, 검사복 같은 수술용 옷으로 갈아입었다.

거울에 비친 내 모습을 보며 "이대로 도망쳐버릴까?"라고 나직막이 말하자, 오빠가 웃으면서 대답했다.

"도망치기는! 이럴 때는 무조건 물불 안 가리고 싸워보는 거야."

밑져야 본전으로 말해 본 나. 어쨌든 체념할 수는 없다.

그런 다음 링거를 맞았다. 수술 예정 시각이 오후 1시여서 그 꼴로 수술 시간까지 기다렸다. 기다리는 동안 잡다한 생각들이 머릿속을 헤집고 돌아다녔다.

'마취에 빠지면 꿈을 꾸는 걸까? 수술 중에 다리가 꿈틀거리면 얼마나 창피할까?' 와 같은 어이없는 걱정들이 머릿속을 떠다닐 때쯤 간호사가 데리러 왔다.

드디어 수술 차례가 왔다.

텔레비전에서 본 것처럼 침대에 누워 수술실로 들어가나 했는데, 휠체어에 태워 수술실로 이동했다. 휠체어에 앉아 있어서인지 수술실 문이 굉장히 커 보였다. 참고 있던 공포감이 슬며시 되살아났다.

입구에서 가족들에게 "갔다 올게요."라고 말했던가.

모두들 지켜봐줘서 든든했다. 수술실로 들어가 수술대에 올라갔다. 생각했던 것보다 폭이 좁은 수술대였다.

맨 먼저 등에 가늘고 긴 관을 삽입했다. 수술 후에 수술 부위가 아프지 않도록 마취제가 들어가는 관을 며칠간 꽂고 있어야 한다고 했다.

"아파요?"라고 물어보기에 "하나도 안 아파요."라고 답했다.

이어서 "그렇죠? 저는 프로랍니다."라고 농담 섞어 말하는 마취 의사의 믿음직스러운 목소리를 들으니 신기하게도 마음이 놓였다.

그 이후는 자세히 기억나지 않지만 "마취약 들어갑니다."라는 소리가 들리고, 곧바로 '무(無)'의 세계로 떨어졌다. 생각할 겨를도 없었고, '앗!' 하고 놀랄 새도 없는 한 순간이었다.

의식이 서서히 없어지리라 예상했던 나는 지금도 그 순간을 떠올리면 왠지 소름이 쫙 끼치고 이상한 기분이 든다. 죽는다는 게 그런 느낌일까…….

순식간에 의식이 사라지고 어둠 속으로 들어갔다. 꿈을 꾸지도 않았다.

경성 위암, 개복은 했으나 수술은 포기

수술은 다섯 시간 정도 걸린다고 들었는데, 두 시간도 지나지 않아 의사는 가족들을 불렀다. 암이 퍼진 위를 수술로 제거할 수 없다는 보고였다. 개복해 보니 암이 이미 위뿐만 아니라 간과 대장까지 전이되었고, 복강에 암세포가 씨를 뿌리듯이 퍼져 있는 복막 파종 상태였다. 암이 여러 부위에 침투되어 위를 절제한다 해도 이미 퍼진 암을 모조리 제거할 수는 없었다.

수술은 불가능했다.

한참 지난 후에 들은 이야기다. 수술 포기를 결정하기까지 의사는 하나하나 꼼꼼하게 복강을 체크했다고 한다. '어떻게든 도와주고 싶다.'고 말한 의사는 할 수 있는 한 암을 제거해 주고 싶어 했지만 현실은 너무나 잔인했다.

개복했던 배를 그대로 닫아야만 했다. 가족들에게 의사는 "유감스럽지만……."이라고 고개를 숙였다. 서글픈 이야기다.

이로써 내게 남은 시간은 결정이 났다. 오로지 항암제 치료에 희망을 걸어야 했다.

엄마는 의사에게 "적게라도 식사는 할 수 있을까요?"라

72

고 물었다고 한다. 최소한 딸에게 맛있는 음식이라도 먹이고 싶었으리라.

수술의 성공만을 기도했던 가족들. 중환자실에 잠들어 있는 나를 두고 무슨 말을 해야 할지 얼마나 고민했을까. 그때의 이야기를 듣진 못했지만 어쩌면 내 죽음을 예상하고 있지 않았을까……

'경성 위암과의 진검 승부'는 그날부터 시작되었다.

중환자실에서

수술조차 불가능한 현실과 마주한 가족.

내가 마취에서 깨어나 이 사실을 눈치 챌까봐 중환자실에 걸린 시계를 서둘러 떼어달라고 부탁했다고 한다. 예상 수술시간을 알고 있던 내가 수술이 빨리 끝났다는 것과 '최악의 결과'였음을 알고서 충격 받지 않도록, 가족들은 내가 깨어나기 전에 부산하게 움직였던 것이다. 드라마 〈하얀 거탑〉에 나오는 자이젠 고로처럼 말이다.

나는 그런 줄도 모르고 누군가 말을 걸어와 몽롱한 상태에서 눈을 떴다. 정신이 들자 너무 추워서 몸이 덜덜 떨렸고, 몸을 가누지도 못할 만큼 힘이 없었다.

그러나 의식만은 또렷했다.

"잘 참았어. 엄마다!"라는 목소리가 들려왔다. 그리고 얼굴이 보였다. 마취의 암흑에서 돌아와서인지 갑자기 눈앞이 환해졌다.

가족들의 얼굴이 보였다. 수술이 끝났구나…….

그런데 어떻게 된 걸까? 잠시 후 의문이 들었다. 엄마는 왜 "잘 참았어."라는 말만 하는 거지? 보통은 '나쁜 암세포는 다 제거했다.'라거나 '수술은 성공했어.'라고 말하지 않나?

혹시 수술을 하지 못한 게 아닐까? 속이 거북하기도 하고.

그렇다면 아직 위가 남아 있단 말인가? 이런저런 의문이 머릿속을 맴돌았다.

하지만 우선 몸에 힘이 없으니 자고 싶었다. 몸과 마음이 따로따로 노는 것 같았다. 불안정한 상태가 이어졌다.

곁을 지키던 가족들이 "이제 그만 가봐야겠다."라고 하기에, 나는 가지 말라고 붙잡았다.

좀 더 옆에 있어 주기를 바랐다. 부모 형제가 곁에만 있어도 마음이 놓이고 살 것 같았다.

가족들이 모두 돌아가고 혼자 남았을 때 '수술을 하지

못한 걸까?' 라는 의문이 다시 고개를 들기 시작했다.

그러나 몸에 힘도 없고 고통스러워서 수술 결과를 더는 파고들 상황이 아니었다.

코언저리를 덮은 산소마스크가 답답해서 몇 번이고 벗겨 내곤 했는데, 정신을 차려보면 다행히 코에 대고는 있었다.

자다 깨다 하면서 산소마스크를 썼다 벗었다 반복하고 있을 때, 의사 S가 오더니 "지금은 수술이 끝난 직후니까 결과는 내일 알려드릴게요."라고 다정하게 말했다.

이야기를 들을 상황도 아니었지만 배려해 주니 고마웠다. 하지만 핵심을 피해 가는 말투에 조금 전까지 명확하지 않던 추측들이 확신으로 바뀌어 갔다.

'분명해. 수술을 하지 못한 거야.'

그날의 결심

다음 날 아침 눈을 떴을 때, 잠들어 있는 동안 수술 부위를 무의식중에 감싸고 있었는지 온몸이 뻐근하면서 아팠다.

간호사가 친절하게 하루 일과를 시작할 수 있게 도와주

었다. 양치질은 칫솔질과 헹구는 정도. 세수는 수건으로 얼굴 닦기. 수술한 몸으로 그런 일도 만만치 않았다.

얼추 오전이 끝나갈 무렵 집도의였던 의사 H가 아침 인사를 하며 중환자실로 들어왔다.

"개복을 했지만 위를 제거할 수 없었습니다."

대각선으로 내 오른쪽 앞에 서서 나를 보는 듯 안 보는 듯 미묘한 시선으로 불쑥 던지듯이 말했다. 수술이 불가능했던 이유도 확실하게 알려주었다.

의사들은 늘 그랬다. 머뭇거리지 않고 솔직하게 사실을 서슴없이 전해 준다. 그 덕에 나는 의사들을 줄곧 신뢰해 왔다.

"그럴 것 같았어요. 속이 울렁거리기에 수술을 못한 게 아닐까 짐작했어요."라고 나는 대답했다.

의사에게 어떻게 비쳐졌을지 모르지만 묘하게도 안도감을 느꼈다. 냉정하게 말해서 배를 열었다가 그대로 다시 닫았다고 하면 흔히 '최악'이라며 절망해야 하는데, 오히려 나는 마음이 놓였다.

사실 수술 전 합병증에 대한 설명을 듣고 너무나 두려워서, 그 고통을 피할 수 있다면 위 절제 수술을 하지 않는 편이 더 나을지도 모른다고 생각했다. 그래서인지 위를 제거하지 않았다고 들었을 때, 적어도 합병증으로 고생하지는 않을 듯해서 오히려 안심했던 것이다.

상대가 끔찍하고 막강한 경성 위암인데도 처음에는 그렇게 받아들였다. 어떤 녀석이 더 무서운지 인지할 겨를도 없었다. 하지만 위 절제 수술을 할 수 없었다는 사실이 곧바로 현실로 다가왔다.

"개복은 했지만 손도 못 대고 그대로 닫았습니다."

수술 전에 어느 정도 마음의 준비를 해둬서인지, 이미 예감하고 있어서인지 비교적 침착하게 받아들였다.

당시 나는 놀랄 만큼 차분했다.

의사가 설명을 이어갔다.

"항암제 치료로 전환할 겁니다. 한 달을 1차로 잡고, 총 6차입니다."

"선생님, 항암제만으로도 위가 회복될 수 있을까요?"

"약이 아주 잘 들면 회복되는 경우도 있습니다."

그 말이 내게 기대감을 갖게 해주지는 않았지만, 적어도 완전히 버림받은 느낌은 아니었다.

"6차라면…… 그러니까 6개월은 살 수 있다는 말씀이시죠?"

무심하게 던진 말이었다. 체념 섞인 농담도 어느 정도

포함된 말이었다.

의사는 말이 없었다. 대답을 못하는 건 당연한 일이었다. 이미 가족에게는 3개월 시한부를 선고했으니……

그 사실을 알지 못한 나는 의사가 평소처럼 다정한 얼굴을 하고 있어서 그 침묵을 오히려 '가능성이 있다.'는 말로 받아들였다.

'버림받진 않았어. 아직 항암제 치료가 남아 있어. 그렇다면 그 치료에 기대를 걸어보자. 반 년 후에는 다시 원래의 자리로, 평범한 생활로 돌아갈 거야.'

절망감 따위는 없었다.

당시에는 항암제의 고통도 몰랐을 때라서 충분히 견뎌낼 것 같았다. 굳게 결심했다.

'어차피 되돌아갈 방법도 없으니, 이제 앞만 보고 나아가자!'

한 발 앞으로 내디딜 용기란 꼭 해내겠다는 자신의 신념을 믿는 데서부터 생겨난다. 인간이 위대하다는 것은 자신을 초월하는 것, 자신보다 강한 존재와도 싸운다는 점이다.

'불가능'의 반대는 '가능'이 아니라 '도전'이다.

"나는 지지 않아. 절대로 지지 않아!"

배를 꿰맨 자리가 지네 같아

중환자실에서 일반병실로 돌아오니 같은 병실을 쓰는 아줌마들이 "환영합니다. 어서 오세요."라며 반겨주었다. 기뻤다.

병실로 돌아오기는 했지만 몹시 피곤했다. 몸이 나른하여 내내 병상에서 잠만 잤다.

내 오른쪽에는 작은 물병 같은 것이 불안정하게 대롱대롱 매달려 있었다. 수술 부위가 아프지 않도록 등에 꽂아 놓은 가는 튜브로 마취제가 들어간다. 그 덕에 개복한 부위는 움직이지 않으면 별로 아프지 않았다.

그런데 피부 바깥쪽보다 안쪽이 꽉 조이는 느낌이 들고 배 속이 땅겼다.

의사에게 물어보니 "복막을 단단히 꿰맸으니까요."라고 설명해 주었다. 역시 그랬구나.

예상보다 통증은 없었지만 기침이나 재채기는 도저히 견디기 힘들었다. '수술 후 기침하는 방법'이라는 안내문에 따라, 목이 따끔따끔해서 도저히 기침을 참을 수 없을 때는 양손으로 복부 좌우의 중심부분을 누르고 수술 부위가 터지지 않게 힘을 빼고 기침을 했다.

재채기는 코를 잡고 무조건 참았다. 고통이 너무나 심해서 '재채기는 반드시 참아야지.'라는 생각이 절로 들었기 때문이다. 수술은 못했지만 개복한 수술 자국은 뚜렷하게 남아 있었다.

그 증거를 확인하고 싶기도 하고 그렇지 않기도 한 두려움이 슬그머니 고개를 들었다. 환자복의 목 부분을 들고 가만히 들여다보았다.

"으악! 말도 안 돼!"

명치에서 배꼽 아래까지 커다란 은색 스테이플러 침이 빽빽하게 박혀 있었다.

이렇게 끔찍하다니……. 게다가 실로 꿰맨 것도 아니잖아. 스테이플러 침이 뱃살을 꽉 물고 있는 형상은 기괴했다. 스테이플러로 꿰매는 편이 수술 자국이 깨끗하다고는 하지만 끔찍해서 쳐다볼 수 없는 광경이었다.

흉했다. 꼭 커다란 은색 지네가 배 한가운데를 뒤덮고 있는 것 같았다.

"아, 이제 비키니 수영복은 입지 못하겠네."

지금까지 한 번도 입어본 적이 없었지만, 그 순간 그 생각이 가장 먼저 들었다.

앞으로 여러 의미에서 포기하는 것들이 늘어나겠지. 목

숨을 생각하면 그쯤은 비할 바도 아니지만……

상처가 잘 아물지 않아 꽤 시간을 끌었던 나는 실밥을 풀 때까지 얼마 동안 그 지네를 동반자로 삼았다.

영영 음식을 못 먹을지 모른다는 불안감

병실로 돌아온 다음 날부터 묽은 죽으로 식사를 하고 걷기 운동을 시작했다.

현대의학에서는 수술 후 바로 걷는 편이 상처 치료가 빠르다고 한다.

몸에 힘도 없는데다 먹고 싶거나 걷고 싶은 의욕도 없어서 침대에 줄곧 누워 있기만 했다. 대각선 맞은편 침상의 대장암 수술을 한 아주머니는 의사 말대로 아침 일찍부터 보행을 시작하고 식욕도 왕성해서 빠르게 회복했다.

나는 식욕은 고사하고 몸을 움직일 힘조차 없었다.

의사는 항암제 치료를 가능한 한 빨리 시작하자고 권했지만 내가 고집을 부려 일요일까지는 푹 쉬고, 다음 주 월요일부터 치료를 시작하기로 했다.

그런데 아직 항암제 치료를 시작도 하지 않았는데 왜 식욕은 돌아오지 않는 걸까.

수술이 아니라 개복만 했다 닫았으니, 수술 전과 달라진 점은 배에 생긴 흉측한 수술 자국뿐이었다. 배 속은 수술 전과 같을 텐데 왜 전혀 식욕이 일지 않는 걸까.

내 몸 상태를 걱정하던 의사가 "왜 식욕이 안 돌아오죠? 수술 전에는 조금이나마 먹을 수 있었는데……."라며 영양제 링거를 놓아주었다. 체력이 없으면 항암제 치료도 하지 못할 테니…….

나는 이런 상태가 매우 불안했다.

'앞으로 계속 밥도 못 먹는단 말인가. 밥을 못 먹는다는 건 죽는다는 얘기나 다름없어.'

불현듯 무서워졌다.

밤에 양치질을 할 때, 거울에 비친 말라깽이 내 모습을 보고 울었다. 왠지 이대로 끝날 것 같은 생각이 들어 속이 까맣게 타 들어갔다. 이런 상태를 이겨내지 못하는 내 자신이 너무 슬퍼서 눈물이 났다.

그럴 즈음 저녁때면 회진을 돌던 주치의 T가 밤에 불쑥 찾아왔다. 의사의 얼굴을 보자 눈물이 더욱 솟구쳤다. 당시의 내 생각을 솔직히 말하자, 의사는 으레 그렇듯이 다정하게 웃는 얼굴로 말했다.

"수술한 지 얼마 지나지 않았으니까 식욕이 없다고 초초해 하지 마세요. 견뎌내려면 일어나는 일 하나하나에 일희일비해선 안 돼요."

꼭 필요한 때에 찾아와준 의사 덕분에 나는 더 큰 고민에 빠지지 않고 안정을 되찾았다.

개복만으로 상당한 체력이 소모되는 건 당연했다.

몸이 약해지면 마음도 따라 우울해져서 소극적으로 변한다. 마음이 소극적이 되면 덩달아 몸도 힘이 없어진다.

'악순환의 연속.'

정신을 차리고 마음을 굳게 다잡았다.

'병마에 지지 말고 앞으로 나아가야 해.' 그렇게 마음을 먹으니 담대해져서 '밥을 먹지 않아도 링거로 영양을 보충하고 있으니까 괜찮아. 그동안 체력이 되돌아오겠지.' 라는 식으로 생각이 긍정적으로 바뀌었다.

그제야 많은 이들이 보내준 메일에 눈길이 갔다. 사람들의 생각이나 말에도 용기를 얻으며 조금씩 기운을 회복했다.

항암제 치료를 시작하기까지 며칠간은 심신 안정을 위한 중요한 시간이었다.

첫 항암제 치료 — 시스플라틴과 TS-1

수술 후 6일째부터 항암제 치료를 시작했다. 주사제 시스플라틴[4]과 먹는 약 TS-1[5].

의사에게 두 종류의 항암제가 어떻게 다른지 물어보았다.

"시스플라틴은 암 세포를 죽이고, TS-1은 암 세포의 성상을 억제하지요."

나는 머릿속에 이렇게 정리했다. 사실은 훨씬 자세하면서 구체적이고 깊은 의약적 설명이 가능하겠지만, 내게는 간단하고 단적인 이 설명만으로도 충분했다.

게다가 두 약 모두 암을 해치우는 데 반드시 필요하다고 했다. 여전히 식욕도 없고 몸은 비실거렸지만 암과 싸우겠다는 의지는 확고했다. 죽는다는 생각은 더 이상 들지 않

---

4) 시스플라틴(cisplatin) : 암 치료에 널리 사용되는 항암제 중 하나. 백금 원자에 2개의 염소와 암모니아가 배위된 화합물이다. 여러 암에 효과가 있지만 신장에 심각한 손상을 입히는 등 부작용도 심하다.
5) TS-1 : 테이수노(Teysuno, tegafur+gimeracil+oteracil potassium)라고도 하며, 위암 수술 후 먹는 위암 치료제. 1999년 일본에서 처음 승인된 이래 위암의 표준 치료제로 사용되고 있다.

았다.

우선 TS-1을 매일 아침저녁으로 먹는다. TS-1을 먹은 지 1주일째에 시스플라틴을 한 번 맞는다. 시스플라틴 링거를 맞고 나서 TS-1을 다시 1주일간 계속 먹고, 그 후로 2주간은 투약하지 않는다고 의사가 설명했다.

이 일정대로 하면 약 한 달이 걸린다. 이를 1차라고 하며, 총 6차를 진행한다. 고로 6개월이 걸린다.

하지만 나는 6개월만 노력하면 사회로 복귀할 수 있으리라고 믿었다. 짐작만 할 뿐인 부작용은 어떻게든 극복하리라. 당시는 비교적 자신이 있었다.

약제사가 병실로 'TS-1 복용지도서'를 들고 왔다.

"모르는 게 있거나 불안해지면 뭐든 물어보세요."라며 항암제와 그에 따른 부작용에 대해 자세하고 친절하게 설명해 주었다.

지도서에는 깜짝 놀랄 만큼 다양한 부작용이 적혀 있었다. 부작용을 의외로 가볍게 치부했던 나는 갑자기 마음한구석이 불안해졌다. 긴장되었지만 '뭐, 어떻게든 되겠지.'라고 애써 편하게 생각했다.

다른 병원도 마찬가지일까……?

내가 입원한 이 병원의 의사와 간호사, 약제사들은 언제나 환자의 입장에서 대해 주었다. 간사이 지방의 기질인지 사람들은 언제나 밝았다. 게다가 나는 간사이 지방 사투리를 좋아했다.

병원의 이런 분위기는 괴로운 투병생활을 하는 데 크게 도움이 되었다. 뿐만 아니라 이 병원의 문화와 분위기는 나의 생각이나 마음 상태까지도 긍정적으로 바뀌도록 이끌어주었다.

이제 드디어 TS-1 투약 시작.

부작용은 바로 나타났다. 맨 처음에는 잡다한 냄새가 나를 괴롭혀서 병실에 머물기가 힘들었다. 특히 식사시간이 가장 심했다. 내가 먹지 않아도 같은 병실을 쓰는 사람들의 음식 냄새를 참기 어려웠다. 숨 쉬기도 싫었다.

냄새만이 아니었다. 다른 사람들이 밥 먹는 모습을 상상만 해도 불안해서, 그 안에 머물러 있는 것조차 고문처럼 느껴졌다.

게다가 다음 부작용으로 구역질이 시작되었다. 불쾌한 느낌의 구역질이 쉴 새 없이 이어졌다.

그런 상황을 겪은 지 이틀 만에 항복했다. 간호사에게 견디기 힘드니까 개인 병실로 바꿔달라고 부탁했다.

개인 병실의 여유가 없어서 방을 바꾸는 데 이틀이나 걸렸다.

단지 이틀이었는데, 당시 내게는 무려 '이틀씩이나' 였다. 그 정도로 괴로웠다. 부작용을 너무 만만하게 생각한 대가를 치르는 것 같았다.

'인간은 자신이 경험하지 않은 것은 우습게 여기는 습성이 있다.' 는 사실을 다시금 뼈저리게 느꼈다.

여태껏 병세를 완화시키는 약만 먹어 왔으니, 약을 먹고 상태가 나빠지거나 이토록 괴로운 줄은 상상조차 못했다.

하지만 아직 시작에 불과했다. 더욱더 심한 고통들이 나를 기다리고 있었으니 말이다.

벼랑 끝이 아니라 이미 밑바닥

마음속으로 '6개월, 반년만 항암제 치료를 견뎌내면 회사로 돌아갈 수 있다.' 고 생각했다.

이는 나의 분명한 목표가 되었다.

나는 예전부터 목표라는 당근이 눈앞에 보이면 갑자기 힘이 솟았다. 하지만 현실적으로 반년을 생존한다는 보장은 어디에도 없었다. 특히 배 속을 들여다보았던 의사들은 결코 내가 낙관할 만한 말은 해주지 않았다. 절망할 말도 없었지만 말이다.

직접 인터넷에서 급히 찾은 정보들로 내 상태가 꽤 심각하다는 사실을 깨달았다. 생명이 남아 있는 시간을 연단위로 헤아리지 않는다는 사실도……

그래도 나는 내가 반년 후에 죽는다고는 상상하지 않았다. 왠지 죽을 것 같지 않았다. 이유는 딱히 없지만 죽지 않는다고 생각했다.

어느 날 의사에게 "선생님, 제가 지금 벼랑 끝에 서 있는 것 맞죠?"라고 물어보았다.

그러자 그는 "벼랑 끝이라뇨. 이미 벼랑 아래로 떨어진 상태죠. 그러니 반드시 기어 올라와야죠."라고 대답했다.

나는 예상외의 답변에 질겁했다. 벼랑 끝보다도 더 좋지 않은 상황이 있었다니. 나는 최악의 상황을 표현할 요량이었는데 그보다 더 심한 처지였다니……

이 의사는 입원할 때 내가 울자, "함께 힘냅시다."라며 든든하게 응원해 주던 분이었다. 늘 밝게 웃는 얼굴을 잃지 않았던 믿음직스러운 여성이다.

의사는 자신이 말한 대로 아무리 바쁘더라도 반드시 날마다 나를 격려하러 와주었다. 나는 그녀를 절대적으로 신뢰했고 정신적으로도 많이 의지했다. 그런 의사에게 무섭고 심각한 말을 들었지만 진심어린 격려가 마음으로 전해져 왔다.

나보다 스무 살도 더 어린 그 의사를 나는 의사와 환자의 관계만이 아니라, 이 병을 물리치기 위해 '함께 싸우는 동지'처럼 느꼈다. 그래서인지 우연히 만났다는 생각이 들지 않았다. 이 만남은 분명 필연이라 여겨졌고 지금도 다르지 않다. 그 의사도 부친을 경성 위암으로 잃었다고 했다. 그런 연유로 이 병은 나만의 적이 아니었다.

이심전심이었다. 그녀의 거침없는 말에서 나를 진지하게 걱정하고 있음이 전해져 왔다. 나는 가슴이 철렁 내려앉았지만 이미 각오는 했다. 더 이상 불안에 떨지 않기로 했다.

그날의 수첩에는 이렇게 적혀 있다.

'경성 위암은 실로 막강한 암, 그리고 질긴 녀석이다. 긴장을 풀면 안 돼!'

'3개월이나 6개월 만에 내가 죽을 줄 알아? 반드시 물리치겠어. 결코 지지 않아!'

나 자신의 투지에 스스로도 놀랐다. 하지만 그런 불굴의 투지는 나 혼자만의 힘으로 생긴 것이 아니다. 당시도 그렇지만 지금도 나를 지켜주는 수많은 사람들의 격려 속에서 생겨났다.

몸은 힘들고 앓는 소리가 절로 나오지만, 마음은 이제 어떤 말을 들어도 '절망'이라는 두 글자를 떠올리지 않는다. 무시하고 떠올리지 않으려 애쓴다. 마음이 어둠을 보지 않도록, 그리고 굳세게 앞으로 나아가도록 말이다.

암과 싸운다는 건 환자 본인은 물론이고 가족과 의사, 어떤 입장에서도 힘든 일이다. 의지가 꺾이지 않는 환경을 만들어주고 지켜주고 보호해 주는 모든 이들이 고마웠다.

죽음에 대한 공포

경성 위암은 결코 만만치 않았다. 날이 갈수록 절실히 느껴졌다. 누구도 내게 남은 시간을 직접 말해 주지 않았지만 충분히 감지되었다.

그런 건 듣지 않아도 느껴지는 법이다. 바로 내가 환자니까.

살 수 있지 않을까 하는 기대도 있었지만 그다지 현실적이진 않다. 죽을지도 모른다는 두려움에 무섭고 괴로웠으나 정작 죽음 자체에 대해서는 생각하지 않았다. 죽음은 늘 현실 밖에 존재했으니까.

그렇다고 죽음에 대한 공포가 아예 없지는 않았다. 일순간 저승사자가 다가온 것 같을 때도 있었다.

언젠가 욕실에서 머리를 감고 있었을 때였다. 돌연 '죽으면 어떻게 되는 걸까?' 라는 생각이 머리를 스쳤다. 어떤 전조도 없이 아주 갑작스럽게!

등골이 오싹해졌다. 이제껏 느껴본 적 없던 두려운 감각. 죽어서 내 몸과 의식이 사라진다니, 도무지 상상이 되지 않았다.

표현할 수 없는 공포가 엄습한 순간에 의식과 몸이 굳어져 버린 듯한 오싹한 감각. 마음속에서 으스스함을 느꼈다.

그런 상념을 뿌리치려 도리질을 쳤다. 도무지 알 수 없는 존재를 겁내한들 어쩔 도리가 없다고 스스로를 다독이며 정체불명의 두려움을 극복하려 했다.

계속 고민해 봤자 결론나지 않는 일은 고민하지 않기로 했다. 그건 지금도 마찬가지이다.

'지금 살아 있는 나 자신' 만이 똑똑히 마주하고 있는 현실이었으므로, 이를 직시하며 공포심을 떨쳐냈다.

'이 싸움에 질 수는 없어.'

공포에 떠는 대신, 확실하게 눈앞에 있는 지금 이 순간에 충실하자!

그렇게 마음의 축을 움직였다.

1차 항암제 치료, 지독한 시스플라틴 부작용

병실을 일인실로 옮겼다. 창가에 문병객들이 들고 온 꽃들을 예쁘게 늘어놓았더니 한결 기분이 좋아지고 안정되었다.

여전히 식욕은 없고 구역질도 계속 났지만, 일상적인 생활에서는 스트레스가 줄어들어 비교적 심적 안정을 유지하고 있었다.

그즈음 오노미치에서 조카딸 부부가 병문안을 와주었다. 그해에 태어난 아기도 함께였다. 오랜만에 조카와 수다를 떨고 나니 힘이 났다. 나중에 안 사실이지만 조카는 병실에서 밝게 웃으며 날 즐겁게 해주고는, 몰래 담당 의사에게 가서 내 병세를 듣고는 엉엉 울었다고 한다. 그런 조카를 생각하니 어찌나 짠하던지…….

드디어 항암제 시스플라틴의 주사가 시작되었다.

시스플라틴은 부작용이 심했다. 특히 신장에 막대한 영향을 끼치는 약이라서 주사 후 수분을 충분히 섭취하여 소변을 계속 내보내야 했다.

때문에 주사 후에 소변 양을 잴 전용 비커와 함께 '소변양 측정'이라고 적힌 종이와 연필을 건네받았는데, 화장실에 갈 때마다 매번 오줌을 비커에 담아 재야 한다니 생각만으로도 진절머리가 났다.

게다가 구역질과 권태감이 심하게 몰려와서 항암제를 투여하기 전에 구역질을 멈추게 하는 링거를 먼저 맞았다. 카이토릴과 데카도론, 그리고 시스플라틴이 들어간 주사를 맞고 밤까지 계속해서 수분 보충용 링거를 맞았다. 이뇨제가 들어가서인지 처음에는 순조롭게 오줌이 나왔다.

구역질을 멈추게 하는 링거도 효과가 있어서 구역질이 줄어들었다. 그때까지는 전혀 식욕이 없었는데 링거 덕에 딸기를 조금 먹을 수 있었다. 오랜만에 맛있다는 생각이 들자, 왠지 부작용 따윈 가뿐하게 극복할 수 있을 것 같은 기분이 들었다.

"시스플라틴의 부작용은 맞은 다음 날부터 나타나요."라는 간호사의 말에도, 내 경우에는 부작용이 가벼울지 모른다고 낙관했었다. 지금 생각하면 내가 너무 가볍게 여겼던 것이다.

처음엔 상태가 괜찮았는데도, 엄마는 걱정이 되었는지 그날 병실에서 주무셨다.

아니까 다를까, 나의 희망적 관측은 산산이 부서졌다. 첫 부작용은 그날 밤에 들이닥쳤다. 자기 전에 이를 닦으려고 칫솔을 입안에 넣자마자 갑자기 끔찍한 구토가 치밀어 올라, 변기를 부여잡은 채 꼼짝도 못했다. 양치질이 구역질을 유발한 것이었다.

숨을 쉴 수 없을 정도로 구토를 계속했다. 멈추지 않는 구토로 얼굴은 온통 진땀과 눈물범벅이 되었다. "엄마!"라고 부르는 것도 필사적이었다.

신음 소리를 듣고 달려온 엄마는 내 꼴을 보고 허둥지둥하더니, 이내 내 등을 몇 번이고 쓰다듬어 주었다.

잠시 후 엄마 손의 온기가 등으로 전해져 오는가 싶더니, 토하는 상태로 굳어져 있던 온몸이 서서히 부드러워졌다. 그리고는 신기하게도 조금씩 구토가 진정되어, 천천히 숨을 쉴 수 있게 되었다.

그 후로도 심한 구토가 일 때마다 엄마가 등을 쓰다듬어 주면 낫곤 했다. 엄마의 손은 마법의 손이다.

이때부터 시스플라틴의 본격적인 부작용이 나타났고,

심신은 초주검이 되었다.

아, 무서운 시스플라틴.

항암제 시스플라틴 부작용, 공포의 전반전

아침부터 몸이 녹아내린 듯 힘이 없었다. 더군다나 구토도 멈추지 않았다. 바짝바짝 타 들어가던 상황을 어떤 말로 표현할 수 있을까.

마치 뜨거운 화로를 쑤셨던 작대기로 몸속을 휘젓는 듯했다. 간호사가 말한 심한 부작용이 이렇게 시작되는 건가……?

"안녕하세요, 몸은 좀 어떠세요?"

아침에 체온과 혈압을 재러 온 간호사의 인사에, 최악의 표정으로 "죽겠어요."라고 대답했다.

어젯밤에 구토라는 강력한 펀치가 문병을 오더니, 지금은 구토와 권태감이 가라앉을 기미조차 보이지 않는다. 침대 속으로 빨려 들어갈 듯한 끔찍한 무기력감에 빠져 있다.

대체 이보다 심한 부작용이 또 있을까. 불안하다. 생각하는 것만으로도 힘들다.

의사는 구토를 멎게 하는 데카도론, 나제아, 메토클로프라미드 주사 등을 처방해 주었다. 그중 메토클로프라미드 주사가 가장 괴로웠다. 그 주사를 맞은 후에는 침대에서 몸부림치며 뒹굴었다. 위가 더욱 심하게 뒤틀리는 것으로 보아, 내 몸에는 맞지 않는 약인 것이 분명했다.

모든 약의 효과가 바로 나타나는 것은 아니지만, 그중에서 카이토릴 링거와 입으로 녹여먹는 나제아가 비교적 괜찮았다.

다만 복용량과 기간이 정해져 있기 때문에 아프다고 해서 무턱대고 먹을 수는 없었다. 가장 고통스러울 시간을 어림짐작하여 나제아를 아껴 먹었다.

부작용이 병상의 나를 완전히 뒤덮었다. 어쩔 도리가 없었다. 물도 마실 수 없었다. 식사가 나올 때면 그 냄새 때문에 구역질이 올라와 죽을 지경이었다. 결국 식사 쟁반을 금세 내가야 했다.

음식은 뭐 하나도 입에 댈 수가 없었다.

비참한 심정이 되어, 의사에게 기운 없이 물었다.

"밥도 못 먹고 물 마시기도 힘에 부쳐요. 이래도 괜찮은 건가요?"

"링거로 수분과 칼로리를 섭취하고 있으니까 먹지 않아도 괜찮아요. 하지만 수분은 되도록 섭취해 주세요."라고 의사는 답했다.

나는 TS-1을 복용한 뒤로는 식사를 거의 하지 못해서 수분과 영양제 링거를 하루도 빠짐없이 아침저녁으로 맞아왔다.

의사 말대로 입으로 먹지 않아도 링거를 통해 몸속에 영양소가 공급되니, 이런 상황에도 죽지는 않겠구나 싶었다.

어떻게든 되겠지……. 그리 생각하니 다소 마음이 놓이고 편안해졌다. 식사 고민을 그만두어 마음의 부담을 조금이라도 덜기로 했다.

그런 상황에서도 처방된 약만큼은 거르지 않고 꼬박꼬박 먹었다. 물론 TS-1도.

약을 복용하는 것이 당시 내가 암을 공격할 수 있는 유일한 무기이기 때문이었다. 지고 싶지 않았다. 이건 전투였다.

항암제가 암세포를 없애고 있어서 이토록 심한 고통이 찾아온 것이리라……. 항암제가 위를 단단히 덮은 경성 위암을 물리치는 이미지를 상상하며 스스로를 다독였다.

'이렇게 3일을 견뎌야 한다고? 그보다도 3일이면 이 고

통이 누그러지는 건가?'

정말이지 믿기 힘들었다.

항암제 시스플라틴 부작용, 그 후반전

지독한 부작용이 3일간 계속되었다.

3일 내내 머리도 아프고 열도 있었다. 지금껏 겪어보지 못한 무기력함이었다.

위에서 계속 꾸르륵꾸르륵 구토 신호를 보냈다. 이 신호는 음식 냄새를 맡으면 갑자기 심해졌다. 그나마 구토로 이어지지 않은 건 나제아와 데카도론 그리고 카이토릴 덕분이었다.

나로선 달리 방법이 없었다. 잘 수 있을 땐 자고, 침대에서 꼼짝 않고 텔레비전을 보거나 창문 밖을 바라보면서 하루하루를 보냈다.

이 3일간 약 이외에는 아무것도 입에 대지 못했다. 수분과 영양제 링거만 섭취했다.

입으로 먹을 수 없으니 링거가 고맙기는 했다. 하지만 아침저녁 두세 시간씩 걸리는 탓에 내 가는 혈관은 얼마

안 가서 비명을 질러댔고, 다시 새 혈관을 찾는 건 쉬운 일이 아니었다.

내 팔은 혈관 찾기가 어려운 편인데, 담당 의사는 여기저기 쑤셔대지 않고 한 방에 성공시켜서 그나마 다행이었다.

3일간이 가장 힘들다는 간호사 말을 믿으며, 이런저런 부작용에 괴로워도 '3일, 어쨌든 3일만 견뎌내자.'고 다짐하며 매일매일 24시간이 빨리 지나가기만을 빌었다.

하지만 한편으로는 '정말 3일만 지나면 편안해질까?' 하는 의구심도 들었다.

간신히 3일이 지나자 확실히 전날의 컨디션과는 달랐다. 말로 표현하자면 반환점을 돌았다는 느낌이었다.

나른함도 조금 누그러졌다. 하지만 여전히 먹지 못했다. 의사는 아무리 링거를 맞아도 식욕이 돌아오지 않는 점을 걱정하며 '대동맥염증후군'이라는 난치병 치료를 위해 복용하고 있던 프레도닌을 두 배로 늘려 10㎎을 처방했다.

며칠 전부터 프레도닌을 늘려보자는 논의는 있었다. 그런데 나는 전에 프레도닌의 양을 늘려서 기력은 되찾았지만, 이후 투여량을 줄이자 몸에 이상이 생긴 적이 있었다. 당시 받은 인상이 강해서 께름칙했다.

하지만 그런 한가한 소리를 할 처지가 아니었다. 주치의는 프레도닌의 양을 늘리기로 결정했다. 난치병 치료에 쓰이는 프레도닌이 '마법의 약'처럼 생각되었다. 얼굴이 보름달처럼 둥그레지거나 뱃살이 붙거나 여드름이 나거나 면역력이 떨어지는 등 많은 부작용을 일으키지만……

대동맥염증후군으로 인한 혈관의 염증 때문인지 미열과 현기증이 있었고, 매일 허리와 다리의 극심한 통증에 시달려 체중이 급격히 줄었다. 아침, 점심, 저녁 진통제를 달고 살고 그마저 듣지 않을 때면 좌약도 썼다. 적지 않은 양의 진통제를 먹고서도 너무 아파서 종종 밤을 새곤 했다.

그런 상황이었는데 프레도닌으로 염증도 가라앉고 통증도 씻은 듯이 사라졌다. 식욕도 돌아와 40kg을 넘지 않던 체중이 반년 만에 회복되었다.

이러한 경험에 비춰볼 때 이번에도 프레도닌 양을 늘리면 건강해질지 모른다는 기대가 생겼다.

결과는 성공적이었다. 프레도닌이 약해진 내 몸을 받쳐 주었다.

고통스러웠던 부작용의 고비를 넘기자, 이번에는 심한 설사가 기다리고 있었다. 엄마는 "항암제의 나쁜 성분은 자꾸 밖으로 내보내는 게 좋아."라고 말했다. 틀린 말은 아니었지만, 하루에 서너 번씩 설사를 하니 맥이 빠졌다.

몸에 힘은 없었지만 그래도 차츰 차도를 보이는 게 느껴졌다. 어떻게 보면 '독'은 빨리 몸 밖으로 배출하는 편이 정답인 듯했다.

부작용에서 조금씩 벗어나기는 했지만, 필사적으로 항암제와 첫 전투를 치른 만큼 몸과 마음에 깊은 상처가 남았다.

'힘내!'라는 말에 상처받다

항암제의 부작용으로 초주검이 되었다가 가까스로 그 고통에서 벗어났다. 하지만 여전히 식욕은 돌아오지 않았다. 엄마는 걱정을 하며 내가 먹을 만한 음식을 집에서 가져왔지만, 전혀 먹지 못해 그 기대를 어긋나게 만들고 말았다.

노심초사하는 엄마.

조금이라도 좋으니 뭐라도 먹길 바라는 엄마.

먹지 않으면 죽을지 모른다고 여겨 불안해하는 엄마.

부작용으로 괴로워하던 모습을 쭉 지켜봐준 엄마.

엄마의 마음은 이런저런 생각들로 포화상태가 되었으리라.

어느 날, 아무것도 먹지 않는 나에게 엄마가 말을 건넸다.

"좀 더 힘을 내서 먹어보면 어떨까?"

경성 위암을 선고받고 나서 인생이 180도 바뀌고, 연이어 갖가지 일들을 겪다 보니 현실을 받아들이는 것만으로도 필사적이었다. 눈앞이 핑핑 돌아서 몸도 마음도 모두 한계에 달해 있었다.

첫 항암제 치료에서 부작용 때문에 만신창이가 되었을 때도 이를 악물고 버텼던 나였다. 그러나 지금의 정신 상태는 극한 상황에 이른 듯했다.

그저 나에게 일어난 모든 일을 인정하고 정면으로 맞닥뜨리는 것 외에 다른 선택의 여지가 없었다. 하여간 폭발하기 직전이었다.

엄마가 내게 힘내라고 말한 시기가 그때였다. 그 한마디에 참아왔던 감정이 폭발했다. 그리고는 둑이 터지듯 쏟아졌다.

"힘내라고? 이 이상 어떻게 더 힘을 내라는 거야?"

"먹어야 하는 거 알고 있어. 그런데도 먹을 수가 없다고!"

"억지로라도 먹어보려 하는데 안 된다고!"

"힘을 내봐도 난 어쩔 도리가 없어."

"제일 분하고 서러운 사람은 나라고!"

"이제 더 이상 낼 힘도 없어."

참았던 말을 마구 토해내다가 크게 소리 내어 엉엉 울었다.

눈물이 멈추지 않았다. 슬프고 괴로워서 펑펑 울었다. 병실 안이 울려 퍼질 정도로.

그만큼 힘이 들었다.

지금 생각해 보면 그때 엄마는 얼마나 난감하고 괴로웠을까…….

'힘내!' 라는 말이 내게 상처를 주리라고는 생각지도 못했다. 몸이 성했을 때는 그 말에 힘을 얻기도 했다. 사람에게 용기를 주는 말이라고도 생각해 왔다. 하지만 병과 싸울 때는 그렇지 않다.

매일 매일을 병마와 싸워야 하는 나에게, 계속 안간힘을 다하는 나에게, 싸우다 지쳐 쇠약해진 나에게 '힘내!' 라는 말은 너무나 잔인하게 느껴졌다.

엄마는 그 이후로 한번도 '힘내!' 라는 말을 하지 않았다. 내가 우는 소리로 징징거려도 늘 "너는 정말 잘 싸우고 있어. 대견해. 정말 대견해."라고 칭찬만 해주었다.

엄마는 나를 대신해서 아플 수 있다면 얼마든지 그렇게

해주고 싶다고 말했다. 그리고 언제나 나를 옳다고 인정해 주었다.

'힘내!' 와 '애쓰고 있구나.' 라는 말은 천지 차이다.

'힘내!' 라는 말에 누군가는 상처를 받을 수 있다는 사실을 병에 걸리고 나서야 비로소 깨달았다.

식욕이 돈다

실컷 울고 나니 무거웠던 마음의 짐을 조금 내려놓을 수 있었다. 몸도 다소 편해졌을 뿐 아니라 조금이나마 밥도 입에 댈 수 있게 되었다.

과장 같지만 자신의 입으로 음식을 먹는 행위는 '생명을 유지한다.', '살아간다.' 와 같은 희망으로 연결된다.

고칼로리를 섭취하려고 오랜만에 아이스크림을 먹어보았다. 맛있었다. 맛있다고 느낀 것 자체가 굉장한 일이었다. 자연스레 얼굴에 미소가 지어졌다.

이렇게 되니 빨리 퇴원하고 싶다, 집에 가고 싶다는 바람이 커져 갔다.

하지만 현실은 아침식사로 식빵 한가운데를 후벼내서

살짝 뜯어먹고, 과일을 조금 먹고는 끝. 엄마가 점심으로 사온 자그마한 즉석 우동을 먹는데 30분은 족히 걸렸다. 저녁식사 역시 쉽지 않은 상황이어서, 주치의가 퇴원을 허락해 주는 기준 식사량을 채우기에는 턱없이 부족했다.

하지만 마음만은 먹는 일에 적극적이었다. 매일 휴대폰으로 가고 싶은 맛집을 체크하거나 맛있는 음식의 주문을 체크하기도 했다. 침대 위에 누워, 텔레비전의 음식 프로그램을 볼 때면 '아, 먹고 싶다.'고 생각하며 '먹는다'는 것의 재미를 발견하기도 했다.

먹는 일이 그만큼 괴로웠는데도, 항암제의 강력한 부작용이 사라지자 온몸을 뒤덮고 있던 암흑에 환한 빛이 찾아들었다.

사투의 증거

부작용이 심할 때는 목욕할 힘도 없어서 몸은 수건으로 닦고 머리도 다른 사람이 감겨주었다. 목욕할 상황이 아니었다.

간신히 스스로 목욕할 기력이 생겼다. 개인 병실에 변

기·세면기·욕조 등을 일체화한 유닛 배스 욕실이 있었지만 넓은 공동욕실을 이용하기로 했다. 어디서건 욕조 안에는 들어가지 못하지만 공동욕실이 더 넓을 테니까.

그곳에서 비로소 나의 전신을 보았다.

말라깽이의 가냘픈 몸. 그리고 몸의 정중앙에 상처가 세로로 뚜렷하게 남아 있었다.

마른 몸과 배의 커다랗고 흉물스러운 상처를 '사투의 증거'라며 허세를 부릴 수는 없었다. 내 몸은 내가 처한 현실을 적나라하게 드러내고 있으니까 말이다.

복부의 정중앙을 따라 뻗어 있던 지네 모양의 흉터에서 리무버로 은색 침을 뽑은 다음 처음 하는 목욕이었다.

지금까지 환자복 사이로 보이던 단편적인 상처가 전모를 드러냈다. 아예 충격을 받지 않았다고 하면 거짓말이지만 그래도 맨 처음에 접했을 때보다는 '이렇게 생겼구나.' 하며 의외로 덤덤하게 바라보았다.

'현실을 인정하는 것 말고 다른 여지는 없을 테니 동동거리지 말고 앞만 바라보자.'

그렇게 다짐하니 마음이 크게 요동치지 않았다.

배의 수술자국 주변부터 조심조심 씻기 시작했다. 왠지 긴장되었다. 부드럽게 또 부드럽게 상처에 닿지 않도록 조심하며 몸을 씻고 머리를 감았다.

모든 고통들이 물과 함께 씻겨 내려간 걸까……. 몸은 녹초가 되었지만 기분은 상쾌했다.

1차 항암제 치료가 곧 끝난다.

첫 관문을 통과했다는 실감이 약간 들었다.

아직 한계에 도달하지는 않았다. 분명 상태가 호전되고 있었다.

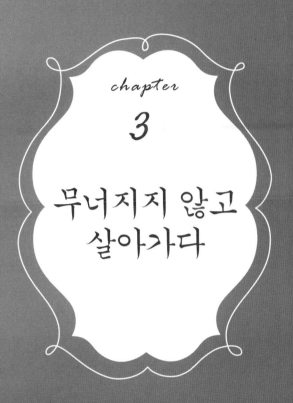

chapter

3

무너지지 않고
살아가다

일시적 퇴원 시도

V자를 그릴 만큼 눈에 띨 정도의 빠른 회복은 아니지만 천천히 그리고 분명하게 몸의 회복이 느껴졌다. 동시에 정신적인 면도 급격히 회복되고 있었다. 하지만 병원 식사는 입에 댈 수조차 없었다. 정해진 식사시간과 내 공복시간이 서로 맞지 않아서 음식을 거의 먹지 못했다.

덕분에 밤낮으로 영양과 수분 링거를 계속 달고 살았다. 너무도 고통스러웠다. 좋아하는 음식을 원할 때 조금이라도 먹고 싶다는 생각이 마음 한구석에 자리 잡았다.

하지만 주치의는 스스로 최소 1,500칼로리를 섭취한다는 확신이 있어야 퇴원에 동의할 수 있다고 했다. 그 말이 내 목표에 불을 지폈다.

앞에서도 말했듯이 난 목표가 생기면 힘이 솟는다. 무슨 수를 써서라도 집으로 돌아가고 싶었던 나는 이것도 먹었고 저것도 먹었다며 약간이라도 먹은 음식들을 주치의에게 어필했다.

"집에 가면, 좋아하는 음식을 제가 먹고 싶은 시간에 먹을 수 있을 테니 괜찮을 거예요."라고 단언하자, 주치의가 한 가지 제안을 해왔다.

"그럼 시험 삼아 하룻밤만 임시로 퇴원을 해보죠. 그런 다음 집에서 제대로 먹을 수 있다면 정식으로 퇴원합시다."

야호! 마음속으로 승리 포즈를 취했다.

쇠뿔도 단김에 빼랬다고, 말 나온 김에 웃음 가득한 얼굴로 주치의에게 인사하고 곧장 임시 퇴원을 준비했다. 올케언니가 칼로리 가이드북을 사주었다. 달성에 대한 의지는 점점 높아져 갔다.

크리스마스가 다가왔다. 내 생일도 얼마 남지 않았다. 어쨌든 목표는 '퇴원과 생일은 우리 집에서'라는 것이 명확해졌다.

우리들 인생에는 왕복 차표가 없다. 한 번 출발하면 다시는 돌아오지 못한다. 그러나 내가 사는 인생을 사랑하고, 내가 사랑하는 인생을 산다면 단 한 번으로도 족하다.

이제 고통스러워하거나 슬퍼할 여유가 없다. 나만의 인생, 후회하지 않는 마지막을 위해 멋지게 작품을 채색해 나가는 거다.

그리운 우리 집으로

임시 퇴원은 대성공이었다. 정식 퇴원 허가를 받았다.

병원의 1인실 생활. 입원 생활의 질도 꽤 높은 편이었고 병원 의료진들도 모두 친절하게 도와줘서, 항암제의 고통 말고는 어떤 불만도 없었다. 그런데도 역시나 우리 집은 달랐다. 집에 오니 우선 마음이 놓였다.

몸이 좋지 않을 때는 병원에 머무는 것이 안심이지만 어느 정도 좋아지면 집이 최고다. 이런 말을 하면 너무 제멋대로인 환자이려나.

현관문을 열자 우리 집 냄새, 가구, 창문에서 보이는 경치까지…… 그 모든 것에 마음이 놓였다. 그리고 식사도 맛있게 했다. 먹고 싶은 시간에, 먹고 싶은 음식을, 원하는 만큼 먹었다.

무엇보다도 병원에서 잘 때는 알게 모르게 긴장감을 느끼기 마련이지만, 우리 집에서는 맘이 놓여서인지 무방비 상태가 되고 만다.

생일 이틀 전에 퇴원이 결정되었다. 29일간의 입원 생활은 일단락 종지부를 찍었다. 18일 후에 다시 입원하지만 생일과 크리스마스, 그리고 설은 집에서 느긋하게 보낼 수 있게 되었다. 뛸 듯이 기뻤다.

내 인생 최대 고비였던 29일간. 그 괴로움을 뒤로하고 이제 집으로 돌아간다…….

고생했던 만큼 집에 갈 수 있다는 기쁨이 배가 되었다.

퇴원하는 날에 하고 싶은 일 두 가지

퇴원하는 날 꼭 하고 싶은 일이 있었다.

하나는 화장이었다.

수술 결과가 절망적이어서 침대 위에서 넋을 잃고 있을 때, 같은 병실에 입원했던 대장암 환자가 곱게 화장한 얼굴로 미소를 지으며 퇴원했다. 기쁨에 겨워하던 미소가 인상적이었다. 그 모습을 보며 다짐했다.

'나도 퇴원할 때 멋지게 화장하고 돌아가리라…….'

꼭 하고 싶었던 다른 한 가지는 그간 돌봐주신 의사와 간호사들에게 제대로 감사인사 하기였다.

힘든 상황에서 시작한 입원 생활이었다. 앞으로 어찌 될는지는 모르지만 우여곡절 끝에 첫 번째 퇴원을 하기에 이르렀다.

약 2주 후에 재입원한다고 해도, 함께 내 몸속의 암과 싸워주고 절망 속에서 희망을 준 의사와 간호사에게 제대로 인사를 드리고 싶었다.

하지만 매일 아침 회진을 도는 의사는 늘 바쁘기 때문에 천천히 감사의 말을 건넬 여유가 없었고, 간호사 역시 바빠서 내 고마운 마음이 제대로 전달될 수 있을지 염려스러웠다.

이런저런 고민 끝에 편지를 쓰기로 했다. 퇴원 전날 밤 늦게까지 세 명의 의사와 간호사에게 편지를 썼다. 한동안 펜을 쥘 일도, 글을 쓸 일도 없었으니 글씨가 서툴렀고 문장도 엉망이었다.

그래도 감사하는 마음을 편지에 듬뿍 담았다. 내 마음을 모두 적지는 못했지만 '정말 감사했습니다. 앞으로도 잘 부탁드립니다.' 라는 생각을 솔직하게 표현했다.

퇴원 날 아침. 곱게 화장을 하고 환자복에서 일상복으로 갈아입는 나를 보고 모두들 놀란 모양이었다. 올케언니가 환한 얼굴로 말했다.

"우아! 화장하고 옷도 갈아입었네."

사실 아침 6시 반부터 정성껏 준비하기 시작했다. 집에만 가는 건데도 마스카라까지 공들여 칠하고 의사와 간호사를 기다렸다.

퇴원하는 날 하고 싶었던 두 가지 일, 모두 대성공이었다. 그리고 웃는 얼굴로 퇴원할 수 있었다.

1차 항암제 치료 그리고 경성 위암과 마주한 1라운드는 일단 막을 내렸다.

암과 싸우는 힘

퇴원을 한 후 얼마 동안 너무나도 행복한 시간이 계속 이어졌다. 곧바로 생일을 맞이한 나에게 근사한 꽃다발이 배달되었다.

입원 중에도 많은 분들이 꽃을 보내주었다. 이제 곧 꽃이 시들겠구나 싶으면 때마침 새로운 꽃다발이 도착하여 기분 좋은 '꽃 사슬'이 이어져 갔다. 그럴 때면 마음이 편안해져 꽃을 보내준 한 사람 한 사람을 감사의 마음으로 떠올렸다.

생일날에는 조카와 그 약혼자가 하마를 좋아하는 나에게 하마 인형을 선물해 주었다. 둘이 시간을 내어 나가사키 바이오파크까지 사러 갔다 온 모양이다.

왜 나는 하마를 좋아하게 되었을까?

정확히 언제인지는 기억이 가물가물하지만, 어렸을 적 백화점의 인형 판매장에 갔을 때 잔뜩 놓인 인형 중에서 망설임 없이 커다란 오렌지색 하마 인형을 집어 들었던 일이 지금도 희미하게 떠오른다. 그 이후로 나는 계속 하마를 좋아했고, "전생에 하마 등위에 올라탄 작은 새였을지 몰라."라고 친구에게 말하곤 했다.

입원한 뒤로 많은 분들에게서 하마 모양의 다양한 선물을 받았고, 그때마다 하마의 깜찍한 모습에 위로를 받았다.

바이오파크에서 온 그 하마는 실감나는 표정을 하고 있어 굉장히 귀엽다. 그 후 우리 집 소파의 한구석을 차지하고 있다.

올케언니는 생일 케이크를 준비해 왔다. 그 케이크는 훗날 우리 가족 사이에 전설로 남을 만큼 맛이 일품이었다. 특히 시폰의 푹신푹신함이 지금까지 먹어본 케이크 중에서 최고였다.

케이크 위에 새겨진 '생일 축하해.' 라는 글자. 이번 생일은 여러 의미에서 감회가 깊었다. 솔직히 생일 따위를 생각할 여유도 없었을 뿐더러 이런 평온하고 행복한 순간이 올 줄은 상상도 못했다.

암과의 싸움은 처절하고 혹독했다. 하지만 많은 사람들이 지지해 주고 지켜주었다.

암과 마주할 때마다 고독감이 밀려왔지만, 모두 격려해 주고 용기를 북돋워 주었다. 그들의 애정이 있었기에 지지 않고 견뎌낼 수 있었다. 혼자였다면 결코 가능하지 않았으리라.

투병은 괴롭고 고통스럽다. 그런 만큼 지금껏 느낄 수 없었던 '행복' 이 보다 크게 다가온다. 고통이 닥치기 전에는 고통을 망각하자!

'지금 내가 모두에게 졌던 신세에 보답할 수 있는 길은 건강해지는 거야.' 라며 다시금 마음을 굳게 다졌다. 그 다짐이 '암과 싸우는 힘' 이 되어 주었다.

고통을 두려워하면 그 두려움의 공포만으로도 이미 고통 받고 있는 것이나 다름없다.

이 깨달음을 마음 깊이 새겨두기로 했다.

아버지보다 오래 산다는 것

48세의 생일은 내게 특별한 의미로 다가온다.

내가 초등학교 5학년 때, 아버지가 48세 생일을 지나고 한 달 후에 돌아가셨다. 간경변증이었다.

그 뒤로 오랫동안 나는 아버지가 돌아가신 48세가 마치 내 수명처럼 느껴졌다. 장수하는 길에서 피하기 어려운 커다란 고비처럼 생각되었다.

아버지가 살지 못했던 '그 후의' 인생을 내가 살아갈 수 있을지 막연하고도 불안했다. 그래서인지 48세라는 나이는 내 마음속 한구석에서 늘 꺼림칙한 숫자로 자리 잡고 있었다.

대동맥염증후군이라는 난치병 진단을 받았을 때도 '역시 오래 살기는 그른 건가' 라는 생각이 들었다. 하지만 48세가 가까워져도 건강하게 지냈던 나는 거뜬히 아버지의 연령을 뛰어넘으리라 낙관하기도 했다.

그러나 내 운명의 길에 역시 걸림돌이 박혀 있었다. 48세가 되기 약 한 달 전에 경성 위암 진단을 받으며 내 수명이 정해졌으니 말이다. 아버지와 같은 나이에 인생을 마감할지도 모른다니, 짓궂은 운명이었다. 우려하던 일이 현실로 나타났으니, 이때의 느낌을 어떤 말로 표현하면 좋을까.

'무감정 속의 슬픔? 깊고 차가운 적막? 절망?'

아무리 떠올려도 그 당시의 감정은 잘 표현되지 않는다.

그저 현실이 슬펐다. 원망스러웠다. 분했다.

'이대로 죽을 순 없어! 안 죽는다고! 아버지와 같은 나이에 죽다니, 그런 불효는 절대 범할 순 없어!'

어머니한테 똑같은 슬픔을 안겨주기 싫었다. 이 싸움에 절대로 지지 않겠다는 굳은 다짐이 한고비를 넘게 하는 힘이 되어 주었다.

아버지가 살아온 시간을 넘고 나서, 앞으로 내게 주어진 삶과 시간을 어떻게 살아가야 할 것인가……?

결코 헛되이 보내지 않겠다고 다짐했다.

아버지가 살지 못한 '그 후의 인생'을 씩씩하게 살겠다는 스스로의 다짐은 끊임없이 노력하게 만드는 동력이 되었고, 일종의 버팀목이 되어 주었다.

천 개의 바람이 되어

경성 위암을 선고받은 지 약 한 달 반이 지났다.

목숨 건 사투로 몸도 마음도 쉬질 못했다.

1차 항암제 치료가 끝난 후에도 늘 긴장하고 살았다. 앞날이 보이지 않는, 생명이 걸린 싸움에 늘 필사적이었다. 힘을 빼버리면 바로 쓰러질 것 같은 불안이 늘 따라다녔다.

그렇지만 난 스스로를 다독이며 두 주먹을 불끈 쥐곤 했다.

'난 지지 않아! 절대로 지지 않는다고!'

암과의 싸움은 시작부터 고난이도였다. 단번에 현실을 받아들여야 하는 상황이 너무나 버거워서 가슴이 터질 것만 같았다.

그때 자주 들었던 노래가 '천 개의 바람이 되어'였다. 그 한 구절 한 구절마다에 감정이 소용돌이쳤다.

천 개의 바람이 되어

내 무덤 앞에서 울지 말아요

나는 그곳에 없어요

나는 잠들어 있지 않아요

제발 날 위해 울지 말아요

나는 천 개의 바람
천 개의 바람이 되어
저 드넓은 하늘을 자유롭게 날고 있어요

가을에는 들판의 곡식 위로 쏟아져 내리는 햇살이 되고
겨울에는 다이아몬드처럼 반짝이는 눈이 될게요

아침에는 새가 되어 당신을 깨워주고
밤에는 별이 되어 당신을 지켜줄게요

내 무덤 앞에서
제발 울지 말아요

나는 그곳에 없어요
죽었다고 생각 말아요

나는 천 개의 바람
천 개의 바람이 되어

저 드넓은 하늘을 자유롭게 날고 있어요

나는 천 개의 바람
천 개의 바람이 되어
저 드넓은 하늘을 자유롭게 날고 있어요
저 드넓은 하늘을 자유롭게 날고 있어요.

노래를 듣는 순간 눈물이 쉬지 않고 쏟아져 내렸다. 가사가 당시의 내 상황과 딱 들어맞았다.

혹시라도 내가 이대로 죽으면 새가 되어 아침에 엄마를 깨워드려야지…….

곁에서 낮잠을 자고 있는 엄마를 보니 나 자신이 점점 멀어지는 듯한 기분이 들었다. 참담하게도 그런 기분이 현실적으로 느껴져 더욱 견디기 힘들었다.

꾹꾹 눌러 담았던 감정이 단숨에 뿜어져 나왔다. 생사의 갈림길에서 살고 있음을 순간순간 느끼며 말로 표현할 수 없는 감정에 휩싸였다.

병에 굴하지 않고 꿋꿋하게 살아남자!

'병에 굴하지 않고 꿋꿋하게 살아남자!'

2007년 1월 1일의 일기에는 이런 결의가 적혀 있다.

2006년 후반을 그럭저럭 넘기고 평화로운 설을 맞이했다.

연말연시에 후쿠오카에서 오빠가 와주었다. 분명, 오빠는 나와 보내는 마지막 설날일지도 모른다는 생각에 오지 않았을까.

오랜만에 엄마랑 오빠, 그리고 나…… 이렇게 셋이서 보낸 새해는 특별하진 않았어도 훈훈한 시간이었다.

올해는 경성 위암과 본격적으로 싸움을 시작한다. 암, 항암제 그리고 내 몸과 마음이 진검승부를 펼치게 된다.

설날의 결의가 당찬 표현으로 적혀 있는 건 스스로 방어태세를 굳건히 하자는 의지의 표시이리라.

1월 3일부터 시작하는 2차 항암제 치료. 싸움을 위한 제2라운드의 종이 울리는 날이다.

나는 다음 날로 다가온 전쟁에 대비해서 그동안 먹지 못했던 돈코쓰 라면과 카레라이스를 먹었다. 먹은 양은 적었지만 각별히 맛있었다. 특히 카레는 암 선고를 받은 날, 울면서도 배가 고파 울상을 지으며 "카쓰 카레가 먹고 싶어요."라고 의사에게 말한 날부터 계속 먹고 싶었다. 그래서 그런지 카레에 대한 집념이 강했다.

돈코쓰 라면에 카레라니, 일반적인 위암 환자가 먹을 음식은 아니지만 항암제 치료를 시작하면 어찌 됐건 못 먹을 게 뻔하다. 하지만 '먹고 싶은 음식은 뭐든 먹어도 된다.'고 항상 주치의가 말했으니, 위가 견딜 수 있을 만큼 먹는 양에 신경 쓰며 즐거운 마음으로 먹었다.

주치의는 늘 "하고 싶은 일을 하고, 좋아하는 음식을 먹어도 됩니다. 뭐든 괜찮아요."라고 말해 왔다. 듣기에 따라서는 '앞날이 없으니까 뭐든 하고 싶은 일을 즐겁게 해 두세요.'라고 해석할 수도 있지만, 나는 말 그대로 '뭐든 내키는 대로 하자.'라고 이해했다. 의사로부터 확실한 보증을 받은 듯해서 마음이 놓였다.

항상 웃음을 잃지 않고 의지가 되어 준 주치의의 조언. 주치의를 절대적으로 신뢰했으므로 깊이 생각하지 않고 순수하게 말 그대로를 받아들였다. 그래서 적은 양이라도 좋아하는 음식을 먹었다.

만약 이것도 안 되고 저것도 안 된다는 식으로 말했다면, 무엇을 하든 '이렇게 해도 되는 걸까? 이거 먹어도 되는 걸까?' 고민하다가 먹지 말아야 할 음식을 먹고는 그

죄책감 때문에 스트레스를 받았을지도 모른다.

치료 중에는 식사 자체가 괴로워서 먹지 못했고, 항상 먹을 수 있는 상황도 아니었으므로 먹을 수 있을 때만이라도 좋아하는 음식을 즐기기로 했다.

덕분에 먹는 일로 스트레스를 받지 않았다. '이거 먹어도 될까? 몸에 안 좋을까?' 라고 고민될 때는 입에 대지 않았다.

무엇이든 스스로를 억누르지 않으려고 했다. 의사의 조언 덕분에 자연스럽게 몸에 배었다.

그렇지 않아도 항암제 투여는 큰 스트레스라서, 사소한 일에 신경 쓰지 않으려고 애를 썼다. 이 점만은 철저하게 지켰다.

일단 암에 걸렸다고 하면, 여기저기서 확실치 않은 정보가 들어온다. 그중 어떤 정보가 옳은지 매의 눈처럼 날카롭게 간파하는 것도 다른 사람이 아닌 내 몫이다.

내 목숨은 내가 받아들이고, 내가 결정하며, 내가 책임진다.

다른 사람 탓으로 돌릴 이유를 가지면 어떤 일이 일어났을 때 내 자신이 후회하기 때문이다.

그 결정의 척도는, 내가 싫어하거나 부담스러운 일은 절대로 하지 않겠다는 것이다. 다시 말해서 하기 싫은 일을 참으면서 하면 스트레스가 더욱 커지므로 하지 않겠다는 것이다. 수명도 짧고 치료도 괴로운데, 거기다가 참기까지 한다는 건 용인하기 힘들기 때문이다.

'좋아하는 일'을 받아들이고, '싫어하는 일'을 배제한다. 바로 이 점이 내가 스트레스를 받지 않는 비책이다.

어쨌건 새해의 결의와 맛있는 라면과 카레를 먹으며 몸과 마음이 의기투합!

2차 항암제 치료를 맞이할 준비가 끝났다.

2차 항암제 치료

2차 치료에서 시스플라틴 치료는 정말이지 지독했다.

기대감도 있었다. 1차 때는 수술한 직후인 데다 식욕이 돌아오지 않은 상태에서 치료를 시작해 부작용이 심했었는데, 이번에는 다를 거라는 기대감이었다. 1차 항암제 치료가 끝난 후 약을 쉬는 동안 식사도 할 수 있었고, 지난번보다 몸 상태도 좋으니까 분명 부작용도 가벼울 것 같았다. 항암제 시스플라틴을 얕본 것이었다.

두 번째 입원은 처음 입원했던 외과병동이 아닌 화학요

법 병동이었다. 그 병동에는 무균실도 있어서 딱딱한 인상을 받았다.

저항력이 저하된 사람들이 치료를 위해 모인 병동인 만큼 많은 사람들이 사투를 벌이는 곳이란 느낌이었다.

나도 지지 않겠다고 결심했다.

주의해야 할 항목은 태산처럼 많았다.

① 침대 밑이나 바닥에 물건을 두지 않는다. → 먼지가 쌓이거나 얼룩이 져서 감염의 원인이 됨.

② 쓰레기를 모아 두지 않는다. → 세균의 번식.

③ 창문을 열지 않는다. → 밖에서 곤충이 들어옴.

④ 생화는 가져오지 않는다. → 화병의 물에서 세균 발생.

⑤ 어린이 면회는 원칙적으로 금지.

⑥ 매일 식사 전이나 병실로 돌아갈 때는 비누로 손 씻기.

⑦ 손톱과 발톱을 짧게 자르기.

⑧ 감염 예방을 위해 다른 병동에는 가지 않는다.

그 외에도 여러 가지가 적혀 있었다.

이번에 입원한 병동은 외과병동과는 달라서 긴장감마저

감돌았다.

드디어 2차 항암제 시스플라틴 치료가 시작되었다. 매일 검사하는 소변 검사는 싫었지만, 지난번과 똑같이 주사를 투여한 당일은 의외로 팔팔했다.

예상대로 다음 날부터 부작용이 나타났다. 심지어 생리도 시작했다. 최악의 상황이었다. 항암제 탓인지 믿기 힘들 정도로 많은 양의 생리가 쏟아졌다.

경험해 본 적 없는 무기력함에 몸이 침대 속으로 빨려 들어갔다. 먹는 것도 마시는 것도 힘겨워 초주검. 인정사정없이 덮쳐오는 구토, 멈추지 않는 설사 그리고 심각한 복통. 결국 눈앞이 캄캄해지더니 머리가 빙글빙글 돌았다. 그것도 화장실 안에서.

빈혈인가? 위험했다. 이대로 화장실에서 쓰러지면 똥 범벅에 피 범벅. 엉덩이를 다 드러낸 채로.

'말도 안 돼. 수치스러운 모습은 절대로 보이기 싫어.'

안간힘을 썼다. 여자로서보다도 사람으로서의 자존감을 지키겠다는 생각에 온 힘을 쥐어짰다.

매무새를 가다듬고 화장실에서 기어 나와 침대 위에 쓰러졌다. 침대에 쓰러지자마자 간호사가 달려와 물었다.

"왜 화장실에서 긴급 호출을 누르지 않았어요?"

남은 힘까지 모두 써버린 나는 침대 위에서 헉헉거리며 답했다.

"그러니까, 그런 부끄러운 꼴을 보이고 싶지 않았어요."

"쓰러지기 전에는 간호사가 어떻게든 도와주지만, 쓰러지고 나서는 의사를 호출해야 해요. 그러지 않으면 그런 모습을 남자 선생님에게 보이게 된다고요. 그러니까 다음부터는 참지 말고 바로 호출하세요."

간호사의 충고가 이어졌다.

침대에 누워 반성하면서도, 한편으로는 남에게 부끄럽고 참혹한 꼴을 보이지 않았던 점에 더 안심을 했다. 이건 여자로서 자존심 문제이기 때문이다.

앞으로도 예기치 못한 일들이 몇 번이고 일어나겠지. 한숨이 절로 나왔다.

많은 이들의 격려와 배려

3일간 폭풍우와 같은 부작용을 겪고 나자 조금씩 몸이 회복되기 시작했다. 때마침 옛 동료가 병문안을 와주었다.

나보다 조금 뒤에 오사카로 전근 온 후쿠오카의 동료였다.

꽃을 들고 병문안을 왔지만 병동 접수처에서 반입을 금지당해 시무룩해 있었다. 다행히 난 1인실에 있어서, 꽃은 엄마가 집으로 가져가겠다는 약속을 한 후 잠시 병실에 두었다.

같은 오사카라고 해도 내 병원은 북쪽이었고, 그 동료의 집은 남쪽이었다. 그 먼 곳까지 시간을 내서 와주어 고마웠다.

병원에 입원한 뒤로 정말 많은 사람들이 병문안을 와주었다.

입원해 있는 동안은 언제나 새빨간 숄을 손에 쥐고 있었다. 걸을 때조차 제대로 힘이 들어가지 않아 비틀거리던 시기에 가장 좋아하는 선배가 들고 온 선물이었다. 입사한 후로 언제나 나를 아껴주던 그 선배는 바쁠 텐데도 부러 도쿄에서 와주었다. 아슬아슬하게 면회시간 내에 도착했지만 명랑하고 환한 미소로 "빨간 색은 힘이 솟아나지!"라며 활기를 불어넣어 주었다.

통 식사를 하지 못해서 비쩍 마른 몸이 걱정이었을 때, 문병 온 옛 상사 N씨에게 "너무 깡말랐죠? 꼬챙이처럼." 이라며 앓는 소리를 했다. "별로 변하지 않았어. 어디가 달라졌는지 모르겠는 걸."이라며 아무렇지 않은 듯이 말했다. 그 말을 듣자 묘하게 안심이 되었다.

또한 조금이라도 영양을 섭취하라며 오사카 근처에 살고 있던 옛 상사 K씨는 집 텃밭에서 직접 기른 신선한 야채를 보내주었다.

후쿠오카에서 일부러 와준 동료. 입원하기 직전까지 관여했던 CS활동으로 우수상을 받았다며 수상 사진을 보내준 오사카의 동료. 출장 중에 얼굴 보러 와주고, 나중에 입원했을 때 기분 전환용으로 보라며 해외 드라마 DVD와 포터블 플레이어를 보내준 조카. 결혼을 알리러 와준 또 다른 조카 부부. 그리고 일 때문에 바쁠 텐데 문병 와준 조카딸과 시들지 않게 보존한 푸른색 장미를 보내준 다른 조카딸. 후쿠오카 우동이 먹고 싶다고 하자 바로 보내준 올케언니.

말로는 다 표현할 수 없을 정도로 많은 사람들의 지지와 배려를 받고 있다. 그리고 그들에게서 큰 위안을 얻고 있다.

밤에 병실에 혼자 남아 있을 때면 창밖을 물끄러미 바라보며 병문안을 와준 사람들을 한 사람 한 사람 떠올렸다. 모두가 절절히 고마웠다.

병실 창문 밖으로 이타미 공항이 멀리 보였고, 오사카

호쿠세쓰의 야경이 무척 아름다웠다. 그 풍경을 한참 바라보고 있노라면 어느 순간 그것들이 아득하게 느껴져 조금 쓸쓸해지기도 했다.

앞으로 이런 힘든 일이 얼마나 계속될까. 힘낼 수 있을까……

마음이 약해질 때도 있었지만, 그럴 때면 응원해 준 모두의 얼굴을 창밖의 불빛 속에 떠올렸다.

그리고는 '결코 쓰러지지 않아!' 라며 애써 힘을 북돋웠다.

부작용의 여파

이번 항암제 치료의 부작용도 상상을 초월하는 고통이었다. 2차 치료라서 조금은 익숙해지리라 기대했지만 그 바람도 빗나갔다.

9일간 입원을 하고 막 퇴원했을 때는 약을 복용하지 않는 기간이 있었는데도 처음 2~3일간은 몸이 나른했다. 항암제의 영향에서 헤어나는 데 시간이 걸리는 듯했다.

퇴원 4일째. 산책이라도 하려고 화장도 하고 한껏 기운을 북돋웠다.

집 앞에는 연못이 있어서 겨울을 나려는 오리 떼가 찾아든다. 회사에 다닐 때는 정신없이 바빠서 이런 풍경이 눈에 들어오지 않았다. 설령 눈에 들어왔다 해도 마음에 담아둘 여유가 없었다. 한갓진 연못가를 느긋하게 걸어보고 싶었다.

병이 들면 변함없이 그 자리를 지키던 풍경도 마음속 깊이 스며든다.

모처럼 바깥공기라도 마시면서 조금씩 걸어볼까 했는데 아무리 애를 써도 도저히 힘이 나질 않았다. 나가려고 준비만 하다가 결국은 외출을 포기하고 말았다. 약해진 몸에는 나약한 마음이 깃드는 모양이다.

5일째. 오늘은 기필코 아침에 잠시나마 걸어보리라고 결심했다.

그런데 이번엔 갑작스럽게 심장이 심하게 두근거려서 아침 9시경부터 밤 9시경까지 무려 12시간 가까이 움직이질 못했다. 숨이 차서 몹시 고통스러웠다. 앉아 있는 것조차 힘들어서 누운 채로 진정되기를 기다렸다. 그야말로 기진맥진이었다.

그날 이후 이상하게도 심장의 극심한 두근거림이 이따금 나를 괴롭혔다. 마치 몸이 비명을 지르는 듯했다.

다음 날에야 심장박동이 안정되어 안심하던 차에 마침 외래진료로 혈액 검사가 있었다.

퇴원한지 겨우 일주일밖에 안 되었는데 항암제 투여로 얻어맞은 듯한 몸 상태에 비해 검사 결과는 양호했다. 나는 결과에 따라 일희일비했다.

좋은 결과가 나오니 마음이 든든했다. 처방전을 들고 병원을 나와 약국으로 향했다. 그때 약국 앞의 신호등이 깜빡였고, 나는 별생각 없이 건너려고 했다. 그런데 갑자기 발이 부들부들 떨리더니 몸이 앞으로 쏠렸다. 발이 머리가 지시하는 대로 움직이지 않아, 슬로모션처럼 넘어지기 직전에 주저앉고 말았다.

'뭐지? 왜 이러는 거지?'

이어서 다른 충격적인 현상이 계속해서 나타났다.

집에 돌아와 소파에 걸터앉았을 때였다. 오른발 뒤꿈치를 왼발 무릎 위에 올리자 장딴지가 흐물거리는 게 아닌가. 근육의 감촉이 느껴지지 않았고 지탱하지도 못할 만큼 무기력했다.

두 손으로 장딴지를 꽉 쥐어보았다. 아무 감각이 없었다. 탄력 없는 고기랄까, 가죽이랄까. 넓적다리도 장딴지도 모두 꼬챙이처럼 가늘었다. 급격히 줄어든 근육 양에 소스라치게 놀라지 않을 수 없었다.

아직 4차의 항암제 치료가 남았는데, 기초 체력이 없으면 지속하기 어렵다. 산책이라도 열심히 해두지 않으면 이대로 무너져 내릴 것만 같았다.

인생은 줄타기와 같다. 멈추고 주저앉을 때 균형을 잃기 쉽고, 이때가 가장 위험하다. 때문에 멈추지 말고 줄타기를 계속해 나가야 한다.

병상에 있는 당신에게

3차 항암제 치료를 위해 입원하기 전날, 나는 몹시 침울했다.

불과 몇 개월 전만 해도 매일 예쁘게 화장을 하고 정장에 하이힐을 신었다. 그런 모습으로 열심히 일했다.

그런데 지금 내 몰골은 어떠한가. 화장은커녕 파자마 차림에 엉망인 머리모양을 하고 약에 의지하면서 나날을 보내고 있다.

'그래서 어쩌라고!'

살기 위해 투쟁하느라 그렇지.

'겉모습 따위는 상관없잖아!'

사소한 일이라고!

하지만 엄습해 오는 고독감은 막지 못했다. 무엇보다 사회로부터 소외된 느낌. 이제 나 따윈 아무도 기억해 주지 않을 것이다.

'분명 잊힐 거야. 아무도 나를 필요로 하지 않아. 이런 모습을 한 나 따위는 아무짝에도 쓸모없어. 나는 철저하게 홀로 고통과 맞서고 있을 뿐이다.'

그런 식으로 스스로를 위로했다.

항암제의 부작용이 정신에 악영향을 끼친다는 말을 들은 적이 있다. 그때는 정말 슬펐고, 세상에서 쓸모없는 인간이 된 것만 같았다.

그런 생각이 휘몰아칠 때 친한 친구가 편지 한 통을 보내왔다.

'병상에 있는 친구에게'

첨부된 편지에는 이렇게 적혀 있었다.

'병이 나을 때까지 무료할 때면 읽어보기 바란다.'

친구의 일상을 담은 작은 책이었다.

일상과 취미에 관한 것과 함께 내가 모르는 전문적인 내용들이 담겨 있었지만 신선했다. 글 속의 정경이 생생하게 그려졌다.

그 책은 환자인 내가 갖는 느낌과 정반대의 신선한 공기를 보내주었고, 내 마음을 단번에 따뜻하게 만들어주었다.

격려의 말만 담겨 있을 뿐 병에 대해서는 한마디도 적혀 있지 않았다. 평소와 다름없이 나를 대하는 문장에서 오히려 배려와 따스함이 느껴졌다.

외로움에 파묻혀 있던 나는 그 따스함에 눈물이 넘쳐흘렀고, 무엇보다도 기뻤다.

혼자가 아니라는 생각이 들었다. 내 마음을 구원해 준 재능 기부였다.

그 후 부정기적으로 보내오는 '병상에 있는 친구에게'가 기다려졌고, 내 삶의 낙이 되어 주었다.

친구의 편지는 외로움의 구렁텅이에서 허우적대던 나를 되살아나게 해주었다.

3차 항암제 치료, 감정의 기복

세 번째 입원 때는 병원에 들어가기 전부터 이미 정신 상태가 불안정했다. 감정의 기복이 극심했다.

경성 위암이라는 선고를 받은 지 3개월가량 지났는데, 마음 한구석에서 피어오르던 공허함의 응어리 같은 것이 조금씩 쌓이다가 결국 분출되고 만 것이다.

3차 항암제 치료 주사를 맞은 후 부작용이 심해져서 정신적으로 안정이 되지 않았다. 엎친 데 덮친 격이었다.

그래, 끝까지 버텨보자!

내 선택지는 그 길뿐이었다. 암과의 사투를 포기한다는 건 생각할 수 없다. 필사적으로, 무슨 수를 써서라도 필사적으로 살아남으려고 노력했다. 하지만……

미래가 보이지 않고 확신도 없는 싸움은 슬프고 고통스럽고 원망스러웠다. 이젠 다 싫었다. 눈물만 나왔다.

울고 또 울고 펑펑 울었다. 어디서 그토록 많은 눈물이 나올까 싶을 만큼 울고 또 울었다. 침대에 누워서 계속 울었다.

얼마나 울었을까. 실컷 울고 나니 조금 시원해졌다.

오기로 버티는 짓은 그만두자!

허세도 그만 부리자!

울고 싶을 때는 실컷 울자!

약한 소리는 전부 내뱉어 버리자!

자신에게 솔직해지자!

그렇게 해서 앞으로 나아가자!

회사 다닐 때든, 아플 때든, 삶의 좌절과 도전을 반복하면서 나는 조금씩 강인해졌다.

4차 항암제 치료

네 번째 입원을 할 무렵, 내 사고방식에 조금 변화가 생겼다.

항암제 치료는 익숙해졌어도 결코 편해지지는 않는다. 오히려 지난번의 약기운이 몸에 남아 있어서 그런지 횟수를 거듭할수록 부작용이 심해지는 것 같았다.

'곧 익숙해지겠지.'

처음 가졌던 무른 생각을 바꿔야 했다.

어쨌든 총 6차의 항암제 치료를 견뎌내야 한다.

안이하게 예측했던 결과가 충격을 크게 만들었을까?

아니다. 그렇지 않다. 이 또한 많은 공부가 되었다. 그저 화가 날 뿐이다.

암에 걸려서 괴롭고, 병마를 치료하는 항암제 탓에 고통스럽다.

형태를 바꾸어 가며 공격하기 시작한 부작용에 휘둘려서 온종일 꼼짝없이 암에 당할 수밖에 없는 상황이 분할 뿐이다.

몸과 마음의 힘을 한데로 모아 저항할 수밖에 없는 상황이다.

암 치료로 몸도 마음도 약해졌다.

희망과 기대를 걸만한 대책은 없을까…….

건강해지고 싶다.

예전에 아팠을 때는 힘들었다고 말하며, 이제 이 고통은 지나간 일로 남기를 바란다.

병과의 승부에서 이기지 못한 이 상태가 몹시도 분했다. 절대로 지고 싶지 않았다.

3차 항암제 치료 시까지 오르락내리락하던 감정의 기복이 밑바닥을 친 걸까?

어떻게든 이 승부에서 지지 않으리라 주먹을 쥐었다. 꼭 이겨내겠다고 다짐했다.

어려움에 맞서겠다는 확고한 믿음이 있어서인지 힘이 솟았다.

이제 한 발짝도 물러서지 않으리라!
나 자신에게 지지 않으리라! 약해지지 않으리라!
이제 그럴 시간이 없다!

항암제 치료 효과가 나타나다

4차 항암제 치료가 끝난 후 컴퓨터 단층촬영검사를 했다. 이 검사로 지금까지의 항암제 치료의 효과가 나타나고 있는지 여부가 밝혀진다.

"암이 작아지고 있습니다."

최상의 결과가 나오리라는 강한 확신이 있었다.

항암제 치료 전과 비교해 크게 상태가 호전되었다는 실감은 없지만 우선 전보다 많이 먹고, 전처럼 먹을 때마다 토하지 않았다.

지금 몸 상태가 나쁜 주된 원인은 부작용이라 여겨졌다. 개인적으로는 상황이 호전되고 있다는 믿음이 있었다.

그날 텔레비전 드라마 〈도쿄타워〉의 마지막 회가 방송되었다. 주인공의 어머니가 암으로 돌아가시는 이야기였다.

어머니와 나는 잠시 복잡한 심정으로 아무 말도 하지 않고 텔레비전을 멍하게 바라보았다. 말로는 표현할 수 없는 기분이었다.

하지만 엄마, 나는 죽지 않아!

다음 검사까지 일주일 동안은 맛있는 점심을 먹었다. 스테이크, 중화요리, 초밥 등.

가장 훌륭한 식사는 검사 전날이었다. 후쿠오카에 사는 오빠가 시모노세키 지방의 복어 회를 보내주었다. 게눈 감추듯이 다 먹어치웠다.

그렇게 일주일을 보내고 나니 왠지 자신감이 샘솟았다. 나쁜 결과가 나올 리 없다는 신념으로 가득 찼다.

그리고 검사 당일을 맞이했다.

입원하기 전에 검사를 받았을 때는 위를 부풀리는 발포제를 먹어 금방이라도 위가 파열되어 죽을 것처럼 고통스러웠다.

암으로 뒤덮여서 수건을 쥐어 짠 것같이 위가 쭈그러들었으니 고통스러울 수밖에 없었다.

그런데 이번에는 고통스럽지 않았다. 전혀 위에 부담이 느껴지지 않았다. 그뿐 아니라 검사 후에 여러 가지 고명을 얹은 고모쿠 라면과 바삭한 딤섬 튀김을 맛있게 먹었다.

모든 상황이 좋은 결과의 전조였다.

며칠 후 검사 결과를 들었다.

"치료 효과가 나타났습니다. 위가 조금 팽창하여 커졌습니다."

내 눈으로 봐도 분명 의사가 설명한 대로였다. 비틀어 짠 수건 같은 위가 아니었다. 분명 위가 팽창했다. 의사 앞에서 탄성을 지르며 어머니와 끌어안았다.

의사의 웃는 얼굴도 잊을 수 없다. 힘든 치료이지만 앞으로 남은 두 차례의 항암제 치료를 해낼 수 있을 것 같았다. 극복해 보자!

희망이 현실로 나타나기 시작했다.

"해냈다!"

오랜만의 행복한 한때

검사 결과가 좋으니 마음이 한결 밝아졌다.

행복한 시간이라고 표현하면 과장일지 모른다. 그러나 살고자 하는 의지가 깔려 있었으므로 검사 결과가 좋았다는 것만으로도 심호흡을 하고 난 후처럼 가벼웠다.

긴장이 풀리면서 피로감이 찾아와 2~3일은 오히려 여유롭게 시간을 보낼 수 있었다.

쉬는 것도 잠깐. 바로 다시 항암제 TS-1을 복용하기 시작했다. 3일 정도 시간이 있어서 내 차로 어머니와 쇼핑을 갔다.

나는 운전 실력이 뛰어나지는 않지만 운전하기를 아주 좋아한다. 그래서 오사카에 전근 온 후로는 한 달에 한 번씩 운전을 해서 꼭 어디론가 바람을 쐬러 나갔다.

암에 걸리고 투병생활을 시작한 후로 내 생활은 항상 누군가의 도움을 받아야 했다. 그러다 보니 컨디션이 좋을 때 운전을 하면 타인에게 의지하지 않고 스스로의 힘으로 뭔가를 하고 있다는 자신감이 생겼다. 그래서 더욱 운전을 좋아하게 되었다.

운전은 자신감을 갖게 해주었고, 마음을 건강하게 해주

었다.

5차 항암제 치료

다섯 번째 시스플라틴 항암제 치료.

TS-1을 복용하고 나서 1주일 후부터 투여하기 시작한 항암 치료제 주사다. 다섯 번째 주사 후에는 어떻게 될지 충분히 예상할 수 있었다.

이번 치료는 좋은 검사 결과가 나왔다. 정신적으로도 만전을 기했지만 담당 의사는 우려의 말을 꺼냈다.

"경성 위암은 독한 암이라 방심해서는 안 됩니다."

마음을 단단히 먹고 기어를 변속하듯 태도를 바꿔가며 암과 대결하리라.

생각만큼 쉽지 않았다. 다섯 번째 시스플라틴은 예상보다 훨씬 고통스러웠다. 당시의 수첩에는 이렇게 한 줄만 쓰여 있다.

'고통스럽다. 견딜 수 없을 만큼 고통스럽다.'

그 후 3일간 계속 징징거렸다.

일어나지도 못하고 하루 종일 누워 있었다. 죽을 것만 같은 시간이 이어졌다. 몹시 피로했다. 온몸이 무겁고 불쾌함을 동반한 무력감이 온몸을 휘감았다.

아니다. 다르다. 차마 말로는 표현할 수 없는 고통이다.

구역질에, 반복되는 구토. 아무것도 나오지 않는데도 숨 쉴 틈도 없이 구토가 계속되었다.

내 얼굴은 눈물로 범벅이 되었다.

이상하게 가슴이 울렁거렸다. 자고 있는데도 달리기를 할 때처럼 두근거리는 소리가 귀에 들려왔다. 무서웠다. 불안감과 불쾌감이 뒤섞였다. 등에 통증이 느껴졌다. 울렁거림 때문일까? 둔탁한 통증이 불쾌한 불안감을 부채질했다. 갖가지 위험한 증상이 나를 무차별적으로 공격했다.

지금까지는 항암제의 부작용으로 괴롭고 힘들었어도, 웃는 얼굴로 대하는 엄마를 보면 힘이 나서 조금이라도 대화를 나누곤 했다. 하지만 이번에는 말하기조차 힘들었다.

침대에 빨려 들어간 것처럼 일어나지도 못하고 줄곧 잠만 잤다. 그저 조용히 누워 있는 것 말고는 어떤 행동도 저항도 할 수 없었다. 무조건 참았다.

온몸에 힘이 다 빠져서 시체처럼 늘어져, 어서 빨리 시간이 지나가기만을 바랐다.

이 정도로 심신이 온통 엉망인 경우는 처음이었다.

그런 내가 괜찮을지, 엄마의 걱정이 이만저만 아닌 듯했다.

당시에 얼마나 불안했으면, 엄마는 집에 돌아간 후에도 병원에서 긴급 호출이 올까봐 잠들지 못했다고 했다. 차라리 병원에 남아 있는 편이 나았다고 나중에 얘기했다.

그 정도로 내 상태가 전과는 달랐다. 고통스러워서 견딜 수가 없었다. 죽지 않으려고 기를 쓰면서도 이대로 죽었으면 좋겠다고 생각하기도 했다.

버티기 힘들어서 도망치고 싶었다. 더는 견뎌낼 수 없을 것 같았다.

밤에 담당 의사가 회진을 왔다. 의사에게 매달리고 싶을 만큼 심신이 약해져 있었다.

그런 나에게 의사가 무슨 말을 했는지 잘 기억나진 않지만, 내 침대 곁에서 다정하게 말을 건넸는데 그 말에서 따스함을 느끼며 잠이 들었던 것 같다.

내 정상세포와 항암제가 힘을 합해 암세포와 필사적으로 싸우고 있는 걸까? 몸을 가누기조차 힘들어서 누워 있기만 했다.

암도 독하게 저항하고 있는 걸까? 암의 단말마가 고통

으로 나타나는 걸까?

이전에도 이후에도 이렇게 아팠던 적은 없었다.

싸움을 계속해야 했다.

서서히 죽음을 향해……

항암제 수사 5일째. 마침내 괴로움에서 벗어나 조금 편안해졌다.

우동도 조금 먹을 수 있게 되었다. 양이 적은 생면 인스턴트 우동은 의외로 맛있었다. 병원 음식 중에 따뜻한 가락국수나 메밀국수가 없다는 게 아쉬웠다. 음식을 먹을 수 있게 되면 보통은 회복할 일만 남는데, 나는 부작용이 심해서 그조차도 쉽지 않은 듯했다.

다른 사람들은 보통 입원한지 4~5일 만에 퇴원하는 것 같은데, 나는 매번 9~10일 동안 입원을 하고 게다가 수분과 영양제 링거 주사도 딸려 있다.

똑같이 항암 치료를 받더라도 효과나 부작용은 사람마다 제각각 다르게 나타난다. 이번에 투약하는 항암제 시스플라틴은 몹시도 고통스러워서 내 몸과 맞지 않는 약인가

하는 의문도 들었지만 그렇지 않다고 믿기로 했다. 분명 효과가 있을 것이다.

암을 이겨내기 위해서는 강인한 근성이 필요한데, 지금 나타나는 부작용은 좀처럼 참을 수가 없다.

마음 한구석에서 조금은 포기하는 마음이 있어서인지, 이번엔 암이란 녀석에게 파이팅 포즈를 취하지 못했다.

이러면 안 된다. 절대로!

'최선을 다하자! 온 힘을 다해 견디자! 꼭 세상에 복귀해서 효도하는 거야. 힘내자! 파이팅, 파이팅, 파이팅!'

일기에 이렇게 썼는데, 당시에는 필사적으로 스스로를 북돋웠다.

포기하기에는 너무 이르다. 그 한계를 결정하는 사람은 바로 나 자신이다.

"잘 싸울 수 있어. 좋았어!" 하고 기합을 불어 넣으며 다시금 기력을 북돋웠다.

퇴원 후에 회복되는 속도가 너무 느려서, 아침 6시 30분에 일어나 텔레비전을 보면서 라디오 체조를 하기로 마음먹었다.

마음에 기합을 넣었으니, 이젠 체력도 길러야지.

하지만 이게 꽤 힘들다. 다리도 풀리고……

그래도 기분은 좋다. 라디오 체조는 초등학교 이후 처음 해본다.

체조를 시작하고 5일째.

서서히 부작용이 사라지는지 조금씩 몸 상태가 좋아졌다. 기분이 좋아서 저녁을 먹은 후 '딸기'를 조금 많이 먹었는데, 잠시 후 전부 토했다.

모처럼 상태가 좋아졌던 터라 맥이 풀렸다.

자신의 회복 상태를 학습해야 하는데 아직도 멀었다.

게다가 그다음 날은 아침부터 동계[6]가 나타났다. 힘들어서 하루 종일 누워서 보냈다. 초조해 한들 어쩔 도리가 없으니 잠자코 있었다.

다음 날은 동계도 진정되어 어머니와 점심을 먹었다. 오랜만에 밥이 맛있었다.

항암 치료를 받으면서부터는 식욕도 줄고 미각이 변해서 차나 물을 마셔도 쇠못을 핥는 듯한 끔찍한 기분이었

---

6) 동계(動悸) : 심장 박동이 빠르고 세지는 일. 흥분하거나 과로, 심장병 따위로 말미암아 일어나는 증상.

다. 그런 경험을 해서인지 음식이 맛있게 느껴지는 것만으로도 행복했다. 희망이 샘솟았다.

조금 과장되긴 하지만 건강하다는 것이 얼마나 감사한 일인지 다시금 뼈저리게 느낀다.

컨디션이 좋아졌다 나빠졌다 반복하더니, 점점 그 파고가 줄어들어 서서히 몸 상태가 나아졌다.

신경도 몸도 느긋해진 지금 이 시간을 즐기자!

지금 이 순간의 우리는 내일의 과거이니까.

기적까지는 아니더라도

시스플라틴 치료 6회째. 마지막 치료를 받기 전에 오랜만에 받은 바륨 검사 결과가 나왔다.

입원하기 전, 내 위의 바륨 사진은 홀쭉해서 말라비틀어진 나뭇가지 같았다. 그런데 4단계가 끝난 후에 받은 CT 검사 결과에서는 꽤 호전되었다.

그리고 이번 5단계가 끝난 시점에서 받은 바륨 검사 결

과, 내 위의 상태가 조금 부풀어 올라 본래 위의 모습과 약
간 비슷해 보였다.

주치의가 웃으며 말했다.

"기적까지는 아니더라도 위가 부풀다니 엄청난 호전입
니다. 항암제 효과를 톡톡히 봤습니다."

CT 검사와 바륨 검사 결과가 둘 다 좋게 나타나니, 기뻐
서 날아오를 것만 같았다.

'기적'이라는 단어만 들었는데도 벌써 다 나은 것 같았다.

'기적까지는 아니더라도'라는 말은 기적에 가깝다는 뜻
이 아닌가.

아무튼 기뻤다. 고통스런 부작용을 견뎌낸 보상인 셈이
다. 마지막 6단계를 맞이하여 받은 최고의 선물이다.

의사선생님 의견이 맞든 틀리든 한마디 한마디에 울고
우는 환자의 마음.

말의 힘이 얼마나 강한지 실감하고 또 실감한다.

생존율 따위에 신경 쓰지 않아

언젠가 주치의인 담당 의사선생님께 네 번째 다음에는 어

떤 무대가 있느냐고 질문한 적이 있다.

네 번째 무대가 마지막이라는 것을 그때 처음 알았다. 내심 놀랐지만 검사 결과가 좋으니 수명이 조금 늘었을 것 같은 확신이 생겼다. 그때, 앞으로 생존율은 얼마나 될까 하는 의문이 머리를 스쳤다.

하지만 생존율에 대해 생각해 보면…… '생존인지 죽음 인지'를 내 목숨의 단위로 계산한다면 '0 아니면 100'이다. 예를 들어 생존율이 15퍼센트라고 해서 그 확률만큼 목숨이 남았다는 의미는 아니다.

확률로 나타난 남은 목숨의 수치는 내가 앞으로 살아가는 데 아무런 의미도 없고, 필요도 없다.

그렇게 생각한 후로는 낮은 생존율이 크게 신경 쓰이지 않았다.

인간에게 주어진 나날은 누구나 마찬가지로 한정되어 있다. 지금 이 순간에도 무수한 생명들이 세상과 만나고 헤어진다. 단 하루나 며칠밖에 살지 못할 운명도 있고 온갖 인생의 맛을 음미하며 긴 세월을 사는 운명도 있다. 우리가 결코 풀 수 없는 수수께끼다.

하지만 하루를 살든 한 세기를 살든 중요한 질문은 하나다. 우리의 삶의 목적은 무엇이며, 무엇이 삶을 가치 있고 의미 있게 만들어주는가이다.

어떤 삶이라도 목적은 긍정적인 것에서 시작되어야 한다.

6차 항암제 치료

검사 결과도 좋았고, '기적까지는 아니지만……' 이라는 말을 들으니 몸이 정상으로 돌아온 듯 기뻤다.

게다가 이번이 처음에 예정했던 6회 차의 마지막인 여섯 번째 시스플라틴.

그러나 이번 항암 치료가 끝나면 부작용의 고통에서 벗어날 수도 있고 마지막 치료이니 분발을 다짐해야 할 텐데, 나는 몹시 우울했다.

그만큼 그동안 부작용에 시달려 왔고, 항암제 후유증의 고통은 내게 커다란 '트라우마' 로 남아 있다.

입원 직전까지 "싫다, 싫어." 라고 줄곧 웅얼거렸다. 지금도 싫다.

할 수만 있다면 여섯 번째 시스플라틴 치료는 받고 싶지 않았다.

항암제가 축적된 내 머리카락은 뭉텅뭉텅 빠져나갔다.

입원 첫날 병실에서 샤워를 했는데, 얼마나 머리카락이 많이 빠졌는지 욕조가 막혀 물이 내려가지 않았다. 아직 대머리는 아니지만, 한 번 머리를 감았는데 이렇게 많이 빠져나가면 얼마 안 가 대머리로 바뀌리라.

게다가 시스플라틴 투약 전에 일주일 동안 받았던 TS-1의 부작용도 만만치 않았다. 아무튼 치료받기가 싫었다.

우선 몸이 견뎌내지 못했다. 항암 치료를 받으면서 너덜너덜해진 몸이 마음을 지배하여 간곡히 거절하는 신호를 끊임없이 보내왔다.

한없이 나약한 정신 상태로 임한 마지막 시스플라틴.

당연히 한 줄도 쓰지 못했던 당시의 일기장.

'……'

5일간의 공백을 거쳐 6일째에 쓴 한 문장.

'죽을 만큼 고통스럽다.'

몸은 말할 나위도 없고 마음까지 피폐해져서 암 치료에 강하게 대응하지 못했다.

치료를 받을 때는 체력만이 아니라 '마음의 힘'도 많은 영향을 미친다. 매사에 도망만 치다 보면 고통은 당연히 따라붙는다.

이럴 때 정신적으로 정면 승부로 맞서면 이겨내고자 하는 목표도 서고, 그 목표는 의지할 힘을 만들어준다.

이번 통증은 도망친 결과일까. 어쨌든 '나시는 시스플라틴을 맞고 싶지 않다.' 라고 생각했다. 내 암 덩어리를 작게 만들어준 은인인데 말이다.

은혜와 은인을 무시하는 나, 모두에게 미안하다.

항암제 투여 일정 연기

겨우 6단계가 끝나고 퇴원했다.

보통은 9일 정도 입원하는데 하루를 앞당겨 퇴원했다.

하루라도 빨리 집에 가고 싶어서 억지를 부렸다. 집에 도착하자마자 침대에 드러누웠다.

이전에는 퇴원하면 거실에서 텔레비전을 보거나 이것저것 둘러보면서 쉬는데, 이번에는 아무것도 하고 싶지 않았고 아무 말도 하기 싫었다.

경성 위암과의 거대한 전쟁을 한 차례 치른 결과, 몸도 마음도 한계에 다다른 걸까……

피곤하다. 힘이 다 빠져나간 듯 온몸이 나른하다. 몸도 가누기 힘들다. 위가 콕콕 쑤셨다. 나는 잠결에도 큰소리로 비명을 지르고 있다.

전처럼 식욕이 돌아올까? 구토도 여전하다. 이전에도 힘들었지만 이번에는 특히 더 견디기 힘들다.

위가 꽉 죄어오는 느낌이 들었다. 게다가 또 동계가 시작되었고, 가슴이 두근거리는 증상도 추가되었다.

퇴원 후로 계속 이 같은 부작용에 시달렸지만, 조금씩이나마 회복되어 갈 무렵 외래 혈액 검사에서 '항암제 치료 불가'라는 결과가 나왔다. 처음이었다. 백혈구가 감소한 것이다.

지금까지는 간호사가 경이로운 골수라고 할 정도로 백혈구에는 별문제가 없었다. 백혈구가 감소하지도 않았다. 그런데 항암제 치료 불가 판정이라니.

몸이 완전히 회복되지 않았던 결과였다.

퇴원 후에 겪은 그 고통……. 그건 역시 내 몸이 비명을 지른 거였구나.

내 몸의 신호, 정직하다. 마음까지도 적신호의 불이 점멸하고 있는 듯한 느낌이었다.

처음 예정했던 시스플라틴 투여는 횟수대로 다 끝났지만, 계속할 예정이었던 다른 항암 치료 TS-1은 일단 중지

했다.

나로서는 예기치 않게 항암제 치료가 연기되어 조금 여유가 생겼다. 긴장도 풀리고 마음이 편안해졌다. 잠시라도 해방이다.

다행이다. 기쁘다.

이번에는 엄마가 쓰러지셨다

약 투여 일정이 좀 더 연기되어서 얼마간 여유롭게 지내고 있었는데, 엄마가 갑자기 심하게 현기증이 난다고 하더니 점심때 먹은 것을 다 토해내고 말았다.

누워 있으면 더 어지러운 모양이었다. 몹시 힘들어 보였다.

엄마는 원래 혈압이 높아서 항상 불안했다.

나를 간병하면서 혈압이 더 높아진 건 아닌지, 뇌에 문제가 생긴 건 아닌지 걱정이 되었다.

내가 다니는 종합병원에 전화를 했더니 통원하라고 해서 내 차에 태우고 병원으로 갔다.

마음이 급할 때는 꼭 길이 막힌다. 초조하고 불안하고, 아무리 안절부절 애가 타도 세상은 내 마음과는 거꾸로 돌아간다. 병원에는 30분 정도 걸려 도착했지만 3일은 걸린 듯한 느낌이었다.

엄마가 앓는 걸 보니 내가 아픈 것보다 백 배는 더 아팠다. 무엇보다 불안해서 견딜 수가 없었다.

간병하는 입장이 되고서야 '엄마도 내 곁에서 이런 마음이었겠구나.' 하고 절실하게 깨달았다.

엄마를 보면서 아픈 나를 돌아보니 가슴이 저려왔다.

엄마를 살려달라고 빌었다.

내가 경성 위암 선고를 받았을 때 엄마는 얼마나 힘들었을까. 얼마나 당황했을까. 얼마나 불안했을까. 딸을 살려달라고 세상의 온갖 신에게 빌고 또 빌었을 것이다. 더구나 완치할 수 없는 병이라는 것을 안 다음에는 얼마나 절망했을까.

딸이 낫기를 한없이 염원하느라 발 뻗고 편히 잠든 날이 하루도 없었을 것이 분명하다.

엄마 마음을 다 알고 있다고 생각했는데, 아픈 엄마를 보니 그 아픔이 뼛속까지 스며들었다.

'경성 위암과 싸우는 사람은 나 혼자가 아니었구나. 나를 사랑하는 사람 모두가 함께 싸우고 있었구나.'

환자 한 사람만이 아니고 환자의 가족들도 모두 고통을

함께 겪고 있음을 새삼 통감했다.

병원에 도착하니 의사선생님이 대기하고 있다가 바로 뇌 CT를 찍고 재빨리 검사와 처치를 해주어 엄마는 곧 안정되었다.

검사 결과, 특별히 큰 문제는 없었다. 피로 누적이 원인이었다.

큰 병이 아니어서 다행이었다.

내가 암 치료를 받는 반년 동안 매일 긴장의 연속이었을 엄마.

내가 고통스러워할 때면 얼마나 견디기 힘들었을까.

'엄마, 미안해요.'

내가 할 수 있는 효도는 바로 건강하게 조금이라도 오래 사는 것.

항암제 TS-1 부작용 극복 작전

혈액 검사 결과가 양호해져서 보류했던 항암 치료 TS-1을 다시 시작했다.

'TS-1 복용 안내서'에 쓰여 있는 부작용은 백혈구 감소, 빈혈, 혈소판 감소, 식욕 부진, 구토, 설사, 구내염, 색소 침착, 발진 등등.

나처럼 수술이 불가능한 사람은 수술한 사람보다 두 배의 확률로 부작용이 나타난다.

이 중에서 나는 구내염 이외에는 대부분 경험했다. 갑자기 고열이 나서 몸 전체에 발진이 생겼을 때는 몹시 우울했다. 작고 빨간 뾰루지가 온몸에 퍼져 있는 걸 보고 쇼크를 받았기 때문이다.

미각 이상도 기분이 나쁘고 불쾌해서 견디기 힘들었다. 특히 하얀 쌀밥 냄새가 역겨웠다. 차를 마실 때면 쇠 냄새가 나고 시도 때도 없이 손발이 저려오고……. 어떤 때는 놀이공원의 귀신의 집에 들어간 것처럼 집안 전체가 빙빙 돌아서 지독한 현기증에 시달렸다.

여러 증상이 한꺼번에 겹쳐 지긋지긋했다. 매번 구토, 권태감, 설사, 복통, 동계가 왔다. 그때마다 고통은 내 목을 조였다.

수도 없이 경험해도 익숙해지지 않았고 그 상황이 견딜 수 없었다. 목숨을 잇는다는 것조차 구차스럽게 느껴질 때도 있었다.

입원 중에 겪는 고통에 비하면 아무것도 아니지만……

'휴우, 휴우.' 하고 한숨만 쉬거나 꼼짝 못한 채 '이젠 싫다. 정말 싫다!' 라며 쿠션을 주먹으로 내려치기도 하고, '으윽! 으윽! 아아!' 하고 소리치며 방바닥을 뒹굴곤 했다. 하지만 어떻게든 극복하려고 애를 쓰고 있다.

암 세포를 없애려는 항암제로 인해 정상 세포까지 손상을 입은 탓일까. 후유증이 좀처럼 나아지질 않았다.

퇴원 직후에 오른쪽 눈에 '다래끼'도 생겼다 없어졌다 하면서 일 년 동안이나 내 눈가에 자리를 잡고 살았다. 아픈 정도의 우선순위로 따지자면 다래끼 따위는 하잘것없지만, 완전히 낫지도 않고 내 눈가에 퍼질러 앉은 녀석도 나에게는 만만치 않은 존재다. 항암제를 먹는 2주 동안 그런 사소한 것까지도 성가셔서 침울해질 때가 많았다.

물론 건강했을 적에도 그렇게 안 좋은 날은 있었다. 하지만 항암제를 먹는 동안에는 별것이 아닌데도 죽을 만큼 우울해지곤 한다.

작전 첫 번째, 우선은 나 자신에게 기합을 넣자.

작전 두 번째, 억지로라도 웃으면서 약을 먹자. (웃음은 면역력을 높여주니까.)

작전 세 번째, 오직 인내해야 한다.

요상한 작전이다. 결국 정신론으로 시작해서 정신론으로 끝난다.

요컨대 정신을 단련시켜야 암 덩어리라는 적과 싸워 이길 수 있다.

일단 힘들면 무조건 자자!

이와 같이 암과의 전쟁을 위해 정신론으로 나를 단련시켰다. 그러나 정작 현실에서는 좌절과 도전을 반복한다.

'항암제, 어떻게 좀 안 되겠니? 암 덩어리와 싸울 때면 너도 좀 함께 싸워줘라.'

항암제를 투여할 적마다 염원한다. 약을 투여하고 나면 얼마나 고통스러운지 잘 아니까 별짓을 다한다.

항암제 후유증 트라우마에 내 심신은 몽땅 좀먹는다. 아아, 정말 싫다!

심한 동계에 휩싸이면 자주 있는 일인데도 죽는 것만큼 무섭다.

하지만 어느 날 마음을 바꿔서 '에이, 이걸로 죽는다면 그래도 좋아. 죽으면 편할 테니까. 이제 무섭지 않아.' 라고 독하게 맘먹고 잠을 청했더니 의외로 잠을 푹 잤다.

잠에서 깨어 멀쩡히 살아 있는 내가 나 같지 않고 신기했다.

참 아이러니하다. 고통스럽고 아픈 느낌이 '살아 있다는 증거'라니.

이젠 '아픈 감촉을 느끼는 한, 난 살아 있는 거야.'라고 스스로를 위로한다.

부작용과 씨름한 괴롭고 긴 2주간. 그리고 약을 끊은 짧은 2주간.

항암제 TS-1 치료는 그 후로도 약 2년간 이어졌다.

한 달 사이에 천국과 지옥을 오갔다. 고통의 터널에 들어갔다가 다시 빠져나오고 다시 들어가는 생활이었다.

그래도 '살아 있어서 기쁘다.'라고 생각하는 것은, 내가 지금 살아 있기 때문이다.

파이팅!

완치할 수 없는 암을 안고 산다는 것

완치할 수 없는 암에 걸린 것은 어쩔 수 없다. 불가항력이다.

그러나 그 병과 어떻게 맞서고, 어떻게 살아갈 것인가.

내 몸속에 기거하는 암은 나에게 사는 방법이나 사는 방식을 진지하게 생각하는 계기를 만들어주었다.

건강했을 때 나는 내가 오래오래 살 것 같았다. 그렇기에 내 꿈은 먼 미래, 나이를 많이 먹었을 때까지 펼쳐져 있었다. 그땐 그랬다.

이젠 그리 오래 남은 삶이 아님을 잘 안다.

짧게 남은 내 삶을 실감한 후로 꿈을 쌓기도 이루기도 훨씬 수월해졌다.

나는 내가 오랫동안 꿈꿔왔던 소박한 꿈을 포기하고 싶지 않다.

따라서 고개를 들고, 가슴을 펴고 앞을 향해 나아갈 것이다. 그것이 이 세상을 떠나는 날 후회를 최소화할 테니 말이다.

그리고 내 시선은 항상 행복을 향해 머물러 있을 것이며, 내 로드 맵 또한 절대 병의 기운으로 물들이지 않을 것이다.

chapter

4

궤도 수정

작은 일이라도 늘 목표를 세우자!

항암제 치료 6단계 후에는 반드시 사회에 복귀하리라고 강하게 결심했다. 그리고 그 희망을 붙잡고 견뎠다.

하지만 내 앞에 던져진 불가항력적인 현실을 인식해야만 했다. 지난 6개월 동안 나는 어쩔 수 없는 내 운명을 처절하게 절감했다.

치료에 들어가기 전에는 6단계 치료를 마치면 위가 원상태로 돌아갈 것이고, 그에 따라 모든 항암제 치료도 끝난다고 믿었다. 그러나 현실은 그렇지 않았다.

나는 앞으로도 계속 항암제를 투여 받아야 한다. 만약

약을 끊는다면 그것은 항암제가 더는 듣지 않게 되었을 때이고, 내 삶의 종말이 왔을 때이다.

기본적으로 내 병은 낫지 않는다는 것, 죽을 때까지 암과 싸워나가야 한다는 것, 항암제로 암을 완전히 소멸시킬 수 없다는 것이다.

항암 치료를 계속 받으면서 사회 복귀는 힘들다는 것을 내 몸과 마음이 절절히 느끼고 있었다. 심했던 부작용만큼 심신의 타격도 컸다.

'절대로 죽지 않아.'라고 신념을 굳히면서도, 한편으로는 내가 몇 년 후에 살아 있을 확률을 점치고 있었다. 하지만 머리로는 이해하지만 마음으로는 받아들이는 것이 쉽지 않았다.

그렇다고 포기한 것은 아니다. 다만, 현실을 냉정하게 받아들였을 뿐이다.

'만에 하나라도 사회 복귀가 가능할까.'라는 작은 희망을 품고 주치의에게 "회사에 복귀할 수 있을까요?"라고 물어본 적이 있다. 주치의는 바로 대답해 주었다. 어렵다고.

처음부터 줄곧 사회에 복귀하리라고 결심하고 목표를 세웠으나 이젠 포기해야 한다.

세상에 대한 미련을 죄다 내려놓아야 한다는 건 쉬운 일이 아니었다. 하지만 나에게 주어진 삶을 순순히 받아들이기로 했다.

이젠 목숨을 연장하는 일이 내게는 최우선이다. 그 지옥같은 항암 치료도 견뎌냈는데 목표의 궤도 수정이 뭐 그리 대수란 말인가. 유연하게 대처해야 한다. 그래야만 스트레스를 막을 수 있다. 이것도 암에 걸리고서 터득한 진리다.

이제부터는 내 몸에 무리가 가지 않는 범위 내에서 목표를 세우기로 했다. 무엇보다도 바로 성취감을 느낄 수 있는 목표여야 한다.

그런 다음 작은 목표부터 실행에 옮기기로 했다. 음식부터 시작했다. 다음번엔 초밥을 먹고, 그다음엔 스테이크를 먹자!

먹을 수 있다는 것은 살 수 있다는 증거이기도 하다. 식욕이 채워지자 의외로 만족감도 컸다.

다음은 가까운 곳으로 드라이브하기. 그다음은 짧은 여행.

그때그때 상황을 보면서 처음에는 하루 단위, 그리고 주 단위, 월 단위로 목표를 세웠다. 작전은 대성공이었다.

사람이 살아가는 진정한 가치는 돈이나 명예가 아니라 꿈을 좇아 한 순간 한 순간을 힘껏 살아가는 것이다.

일 년 단위의 목표는 불가능했지만 작은 목표를 하나씩 달성함으로써 성취감도 하나씩 늘어났고, 거기에서 앞으로 나아갈 힘을 얻었다. 자신감도 생겼다.

그렇게 나는 항암제 투여를 마칠 때마다 나 자신을 위한 이벤트를 만들었다. 즐겁고 신나는 일만 하겠다고 마음먹었다.

일상생활에서 몸과 마음을 순응해서인지 TS-1 복용 중 2주간은 부작용으로 힘들었지만 약을 마쳤을 때에는 후쿠오카로 돌아가 조카의 결혼식에도 참석하고, 가까운 곳으로 드라이브를 가거나 쇼핑도 하면서 시한부 암 환자치고는 나름대로 알찬 시간을 보냈다.

새 인생을 살다

퇴원해서 3, 4개월 지났을 때 회사에서 명예 퇴직자 신청이 있다는 이야기를 들었다. 대대적으로 실시한다는 것도. 이제 퇴직을 신중하게 검토해 봐야 한다.

복귀가 불가능한 나는 객관적으로 보면 선택하기 쉬운 일이지만, 속으로는 그렇지 않았다.

막상 퇴직이 현실로 다가왔지만, 회사에 대한 미련이나 일에 대한 후회는 없었다.

지난 30년을 돌아보니 많은 경험과 도전을 하면서 내가 할 수 있는 일은 다했다. 대부분 합격점이라는 생각이 들었다.

하지만 30년이나 근무했던 회사를 병으로 휴직하고 나서 다시는 복귀하지 못한 채 페이드아웃[7]마냥 그만둔다는 건 내키지 않았다. 이 상황에서 쓸쓸하게 그만두기보다는 다시 한 번 업무에 복귀하고 싶었다.

회사 생활의 갖가지 추억이나 인연들이 머릿속을 맴돌았다. 속으로는 예정보다 빨리 마침표를 찍는 것의 아쉬움을 감추지 못하는 것이리라.

더욱이 사회에 어떤 형태로든 귀속되지 못하고 있는 지금의 상태가 몹시 불안했다.

나는 앞으로 어찌 될까. 지금까지 나는 회사라는 조직생활을 해왔고, 직장인으로서의 삶이 몸에 배어 있다. 몸도 아픈데 직장까지 그만둔다면 세상 밖으로 내동댕이쳐지는 심정일 것 같아 불안해지고 마음도 심란했다.

---

7) 페이드아웃(Fade out) : 영상이나 음악이 점점 사라지는 것.

그러나 그런 고민은 선배의 시원스런 말 한마디로 단번에 사라졌다.

"다시 태어난 거나 마찬가진데 뭐가 두려워. 새로운 인생을 살면 되잖아."라고 선배는 서슴없이 말했다.

오사카로 전근한 후 알게 되어 존경하고 좋아하게 된 그 선배는 처음 입원할 때부터 마음을 강하게 먹으라고 격려해 줄 뿐만 아니라, 맑고 푸른 하늘에서 환하게 비치는 태양 같은 미소로 내 등을 밀어주었다.

지금은 망설일 때가 아니다. 우선 한 발짝 내딛기로 했다. 선배의 '새로운 인생'이라는 말에 내 가슴이 환희로 가득 채워졌다. 그리고 멋진 인생이 나를 기다리고 있을 것만 같았다. 내 앞에 새로운 희망이 쫙 펼쳐지는 느낌이었다.

마음먹기에 따라 인생은 크게 달라진다!

그런 생각들로 꽉 차 있는 순간이 지속되었다.

잊지 못할 송별회

오사카로 전근한 후 근무한 3년 동안은 절반을 투병생활로 보냈기 때문에 회사 사람들과 실제로 같이 일한 시간은 1년 6개월뿐이었다. 짧은 기간이었지만 내 사회생활의 종착역에서 그들 팀과 만난 것은 내 인생 최고의 선물과 다름없었다.

오사카에 금세 익숙해질 수 있었고 직원들과도 친해질 수 있었던 것은 팀의 후배들 덕이었다. 일이 힘들다고 약해빠진 말을 할 때면 항상 팀의 착한 여동생들이 나를 도와주고 감싸주었다.

나는 그들에게 강한 이미지의 선배이자 언니였지만 언젠가 한 번은 일 때문에 펑펑 운 적이 있다. 그때 남 앞에서 그 모습을 보이기 싫어, 사무실에 딸린 컴퓨터 통제실에 숨어 마음을 진정시켰다.

그런 나를 그들은 말없이 지켜봐주었고, 그곳을 '언니가 우는 방'이라고 이름까지 붙여주었다. 밝고 따뜻하게 서로 도우면서 업무도 척척 야무지게 해내던 믿음직한 멤버들. 비록 함께한 기간은 길지 않지만 10년과 맞먹을 만큼 내실 있는 시간이었다.

그들에 대한 고마움을 마음 깊이 간직하고 있다. 모두에게 진심으로 감사드린다.

사람 좋은 그들과 다시 일을 같이하겠다는 목표가 있었

기에 힘든 치료도 견뎌낼 수 있었다.

입원 후에도 그들이 보여준 미소와 매일 보내준 메일에서 큰 용기와 힘을 얻었다. 고마운 마음을 이루 다 말로 표현할 수 없다.

극적으로 회복은 했지만 항암제 치료가 길어져, 역시 회사 복귀는 어려웠다.

회사를 그만두기로 했다. 그리고 송별회에서 나는 멋진 선물을 받았다.

'노란색 앨범'이다. 그 안에 오랫동안 나와 일로 관련되었던 많은 사람들의 메시지 카드가 빼곡히 장식되어 있었다. 뿐만 아니라 메시지 카드와 함께 오사카 · 후쿠오카 · 도쿄 · 나고야 등지에서 받은 그림과 사진을 넣어, 입사 때부터 현재까지의 회사 연표와 나란하게 나의 발자취가 하나로 정리되어 있었는데 정말이지 감동이었다.

바쁜 시간을 쪼개어 만들어준 앨범. 그 안에 모두와 함께했던 추억이 가득 담겨 있었다.

한 장 한 장 넘기면서 나는 가슴이 벅차올라 "고맙습니다. 고맙습니다."만 연발했다. 환희의 눈물이 쏟아졌다. 나를 울리려는 그녀들의 작전은 대성공이었고, 추억을 간직할 수 있는 최고의 선물이 되어 주었다.

그때 활짝 웃고 있던 그들의 미소를 지금도 또렷하게 기억하고 있다.

그들 덕분에 30년 동안의 회사 생활을 의미 있고 멋지게 장식하며 막을 내릴 수 있었다.

인생이라는 시합에서 가장 중요한 시간은 휴식시간이다. 이때 인생 최고의 득점을 탐색하는 것이다.

만약 그 이전에 암에게 목숨을 빼앗겨버렸더라면 그 감동을 느끼지 못했을 게 아닌가. 죽음의 시간이 연장되어 얼마나 다행인가.

그저 목숨이 붙어 있다는 사실 하나만으로도 행복했다. 그리고 생명의 위대함과 웅대함, 그리고 불가사의를 절실히 깨달았다.

오사카에서 맞는 마지막 생일

연말 무렵의 내 생일. 오사카에서 맞는 마지막 생일.

엄마와 둘이서 가나자와와 야마나카 온천여행을 떠나기로 했다.

다행히 약을 끊는 동안, 짧은 여행이 가능할 정도만 몸이 씽씽했다.

출발 당일 아침부터 동계로 몸이 힘들어서 여행을 갈까 말까 잠시 망설였다. 하지만 오늘 포기하면 엄마와 온천여행을 더는 못할 것 같아서 '동계 때문에 죽지는 않아.'라고 독한 마음을 먹고 결행했다.

국철 선더버드를 타고 가나자와로 향했다. 가는 도중에 오른쪽으로 비와호8)가 보였다. 처음에는 이 호수가 바다라고 생각했다. 가도 가도 수면이 끝나지 않아서 바다라고 착각했던 것이다. 엄마가 곧 이곳은 지리적으로 바다일 리가 없다는 것을 알아차리고서, 새삼스레 한없이 넓은 호수라며 감탄해 했다.

무사히 가나자와에 도착했지만 동계는 여전했다. 헉헉거리면서도 택시로 이동하며 구경을 했다. 겐로쿠엔을 구경하느라 서둘러야 했지만 역시 여행을 오기 잘했다고 생각했다.

명소만을 골라 관광을 한 후 이번에는 국철 라이초를 타고 야마나카 온천으로 향했다. 후쿠오카에 있었다면, 호숫가와 바닷가를 달리는 선더버드나 라이초 기차를 절대로 타보지 못했을 것이다. 이 여행은 엄마와 둘만의 아름다운

---

8) 비와호(琵琶湖) : 시가 현의 중앙에 있는, 일본 최대의 호수.

추억을 듬뿍 만들어주었다.

그날 묵은 온천여관에서는 생일을 축하하는 케이크와 샴페인을 서비스로 주었다. 돌아온 후에는 기념사진도 잊지 않고 우편으로 보내주었다. 요리는 온천여관의 정식요리인 가이세키 요리9)가 아닌 철판볶음밥 코스를 선택했다. 겨울빙어도 참 맛있었다.

다음 날은 동계가 없어져서 정취 있는 온천거리를 산책했다. 차가운 공기 속에 맴도는 게 냄새에 이끌려 가게에 들어갔다. 게 찌개를 백 엔이면 맛볼 수 있는 곳이었다.

깊은 맛이 우러난 맛있는 게 찌개를 먹고 나니 몸이 따뜻해졌다. 여행의 기분을 만끽하며 먹었다. 이곳에서만 맛볼 수 있는 맛이었다. 점심식사로 시킨 돌솥밥은 양이 많아서 남겼는데, 돌아가는 기차 안에서 먹으라며 가게 주인이 주먹밥을 만들어주었다. 덕분에 귀가할 때까지도 들떠 있는 신나는 여행이었다.

좋은 일만 가득했고, 행복하고 즐거운 추억으로 채워진 이번 여행……. 다녀오길 잘했다고 몇 번이고 몇 번이고 생각했다.

---

9) 가이세키 요리 : 만드는 대로 차례차례 나오는 일본식 코스 요리.

행복해지고 싶다면 행복을 불러오는 원인이 무엇인지를 찾아내야 한다.

생각해 보면 일 년 전 경성 위암을 선고받은 후로 겨우 몇 달밖에 살지 못한다고 했으니, 일 년 후의 일을 예측하는 것이 가능이나 했겠는가……

이번 1박2일 여행 실현을 계기로 눈앞의 작은 목표부터 시작해야겠다고 마음먹었다. 그런 다음 조금씩 시간이나 날짜를 늘려가며 목표를 잡고 실행해 나가야겠다고 다짐했다. 이 자신감은 그 후를 살아가는데 큰 힘이 되어 주었다.

그로부터 목표를 하나씩 충실하게 실현해 나가겠다는 각오를 다지며 새로운 시작을 했다.

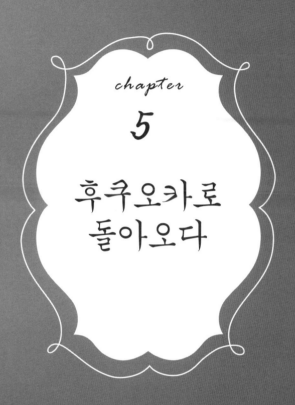

chapter

5

후쿠오카로
돌아오다

정든 오사카에서 내 고향 후쿠오카로

후쿠오카로 돌아가기로 작정한 후에는 컨디션이 좋은 날
을 골라 오사카에서 추억을 쌓아 나갔다.

텔레비전을 보다가 화면에 비친 교토의 단풍이 너무 아
름다워서 바로 국철을 타고 교토로 향한 적도 있다. 집에
서 교토까지는 한 시간 정도 걸렸으므로, 마음먹고 나서
두 시간 후에는 기요미즈데라 절에서 불타는 듯한 단풍을
배경으로 연하장에 넣을 사진을 찍기도 했다. 사진이 아주
멋지게 나왔다.

설날에는 조카 가족이 와서 모두 함께 가이유칸에 갔다.

그곳에서 처음 본 몸집 큰 고래상어는 의외로 우아해서 감동했다. 개복치가 입을 작게 오므리고 먹이를 먹는 모습도 무척 귀여웠다.

오사카 스모 대회장에도 갔다. 처음으로 네모나게 칸을 만든 좌식 좌석에 앉아 관전했다. 이 자리는 시합장 바로 옆에다 만든 특석이라서, 어쩌면 텔레비전에 나올지도 모른다고 후쿠오카에 사는 친구에게 문자까지 보내놓았다.

주최 측에서 그 좌석에 제공하는 도시락이나 선물이 너무 많아서 가지고 돌아가기는 힘들었지만, 텔레비전으로 보는 것과는 전혀 달랐다. 박력 넘치는 시합 장면을 바로 앞에서 보니, 기회를 틈타 방석이라도 던지고 싶을 만큼 덩달아서 들뜬 기분이 되었다.

오사카 생활의 마감이라는 계기가 아니었더라면 스모 관전은 생각지도 못했을 것이다. 할 수 있는 일은 죄다 해보자고 마음먹은 덕분인지 짧은 기간에 많은 즐거움을 추억으로 쌓을 수 있었다.

난바 그라운드 가게쓰[10]에도 갔다. 약 세 시간 동안 쉬

---

10) 난바 그라운드 가게쓰 : 오사카 시 추오 구에 있는 웃음과 희극 전문 극장. 일명 '웃음의 전당'.

지 않고 웃었다. 극장 안은 웃음으로 가득했고, 그 웃음의 파도에 흠뻑 빠졌다. 그렇게 많이 웃었던 건 난생 처음이었다.

한바탕 웃고 나니 좌골신경통이 다 나은 것 같다고 엄마가 말할 정도였는데, 역시 웃음은 면역력을 높여주는 효과가 있는 것이 분명하다.

인생을 행복하게 살기 위해서는 일상의 소소한 삶을 사랑해야 한다는 것을 난치암에 걸리고 나서야 깨달았다. 한 뼘만큼 즐거우려면 역시 한 뼘만큼의 고통을 겪어야 하고, 일상의 자잘한 삶이 고통스러운 만큼 행복은 훨씬 빛난다는 것을 알았다.

그렇게 소소한 추억들을 간직한 채 오사카를 떠나야 할 날이 다가왔다.

이사 당일. 오사카에 와서 신세를 졌던 많은 분들이 배웅까지 나와 주었다. 기념사진도 찍었다.

회사의 상사는 돌아가는 신칸센 기차에서 먹으라고 나라 지방의 명물인 감잎 초밥을 보내주었고, 반드시 이겨내라고 용기를 북돋워 주었던 이웃은 신오사카 역까지 태워다 주었다.

하나에서 열까지 신세만 지고 아쉬워하며 정든 오사카

를 뒤로했다.

그렇게 3년간의 오사카 생활과 직장생활에 마침표를 찍고, 2008년 3월에 후쿠오카로 돌아왔다.

새로운 병원에서 치료를 시작하다

후쿠오카로 돌아오면서 가장 걱정했던 점은 역시 병원이었다.

새로운 병원에서 지금처럼 적절하게 치료를 받을 수 있을까……. 의사선생님들과 의사소통은 잘될까?

오사카의 병원에서는 모든 것이 순조로웠으므로 그 점이 더욱 염려스러웠다. 환자가 이해하고 받아들일 수 있는 치료가 무엇보다 중요한데, 그것은 의사와의 의사소통이 얼마나 잘되느냐에 따라 크게 좌우되기 때문이다.

앞으로는 오사카의 주치의가 소개해 준 후쿠오카의 의사에게 치료를 받기로 결정했다.

오사카에서는 담당의가 세 분이었다. 내가 입원과 퇴원을 반복한 6개월 동안 이 세 분이 변함없이 나를 맡아주었는데, 의사가 바뀌지 않으면 환자도 안심이 된다.

담당의들은 모두 성실한 분들이었다. 의사선생님뿐만 아니라 간호사들도 마찬가지였다. 그 병원의 문화나 풍토가 그렇게 정착되어 있는지도 모른다.

담당하신 의사선생님들은 반드시 아침저녁으로 병실에 와서 상태를 살피고 질문을 했다. 그때마다 웃는 얼굴로 대했으며 활기찼다. 당연하다고 여길지 모르지만 하루도 빠짐없이 항상 그렇게 환자를 대한다는 건 결코 쉬운 일이 아니다.

병실의 환자들은 의사선생님이 들어올 때가 가장 안심되는 순간이다. 의사로서는 몇십 명, 몇백 명을 대해야 하니 힘들겠지만 환자 쪽에서 보면 항상 일 대 일이다.

일 대 일로 의사와 마주하고 있을 때, 환자는 의사가 오로지 자신만을 치료하고 있다는 만족감을 갖게 된다. 나를 담당한 의사선생님들은 나 말고도 여러 환자를 대할 텐데도 나를 진료할 때면 항상 최선을 다해 주었다.

입원해 있을 동안 의사선생님이 미소를 지으며 날마다 병실에 와주는 것, 이는 나에게 안정제이자 치료 효과를 올리는 특효약이었다. 불안하거나 궁금한 것을 물으면 항상 꼼꼼하고 성실하게 대답해 주었다. 환자가 놀랄 일도 숨기지 않았다.

신기한 점은 현실에서는 충격을 받아도 의사선생님의 말에는 놀라거나 상처를 받지 않았다. 무엇을 물어도 싫은 내색을 한 적이 없었고, 납득할 만한 대답을 해주었다.

나 또한 환자로서 예의를 지키려고 조심했다. 바쁜 의사선생님을 오랫동안 붙잡고 있지 않으려고 궁금한 점이 있으면 메모를 해두었다가 간략하게 질문했다. 입원해 있었을 때도, 통원 치료를 받을 때도 마찬가지였다.

의사의 치료에 대해 의문이나 불안감을 안은 채로는 암 치료를 받기도, 견디기도 힘들다. 그만큼 의사와의 신뢰 관계가 중요하다. 신뢰가 있어야 정신적으로도 안정되고 치료 효과도 향상시킨다.

담당의들에 대한 나의 신뢰는 암을 이겨내야겠다는 의지를 갖게끔 작용했다. 나는 의사들을 믿었고, 그로 인해 병과 싸울 힘을 가졌다.

그런 연유로 후쿠오카 소재의 새로운 병원에 다녀야 한다는 사실이 나를 몹시 불안하게 했다. 하나하나 다시 신뢰 관계를 쌓아 나가야 했으므로 정신적으로도 부담이 컸다.

하지만 걱정과는 달리 후쿠오카에 있는 병원에서의 적응이 순조로웠다. 이전 병원과 완전히 같지는 않았지만,

새로운 병원의 시스템을 이해하고 주치의 선생님을 대하는 횟수가 늘어남에 따라 오사카의 병원과 별반 다르지 않다고 여겨졌다.

어렵지 않게 병원을 옮기게 되어 다행이었다.

블로그를 통해 세상과 소통하다

치료 효과가 나타나, 항암제 TS-1 치료를 계속하면서 한 달 중 절반 정도는 약을 끊기로 했다. 그 기간 동안은 안정된 생활을 할 수 있었다.

그 무렵부터 나는 새롭게 주어진 이 소중한 시간을 어떻게 보내야 할지에 대해 많은 생각을 했다.

'인간이라면 그저 단순하게 살아 있기만 해서는 안 된다.'

'살아 있는 시간을 가치 있게 쓰고 싶다.'

이 병에 걸리고 나서는 결코 '삶'을 헛되이 보내지 않으리라 다짐했다.

이런 내 마음을 후쿠오카의 정보지에 상담하자, 그곳에서는 나에게 블로그를 제안해 왔다. 그것이 내게는 오랜만에 세상에 나를 드러내는 첫걸음이 되었다.

어느 날 갑자기 시한부 인생과 맞닥뜨린, 지금까지의 경험을 전달하는 것이다. 한 사람이라도 좋다. 내 블로그를 읽고 뭔가를 느끼고 조금이라도 도움이 된다면 그것으로 만족한다. 거기에서 또 다른 가치를 창출할 수 있으니까. 무조건 도전해 보자.

그렇게 해서 블로그에 쓰기 시작한 투병기랄까 체험기는 후쿠오카에 돌아와서 하고 싶은 일을 행동으로 옮긴 첫 번째 일이 되었다.

글을 써본 적이 없어서 처음에는 자신도 없었고 문체도 딱딱했지만, 차츰 생활 습관의 일부가 되어 갔다. 글쓰기가 즐거워졌다. 몸 컨디션이 좋은 때만 쓸 수 있어서 2주일에 한 번 정도 글을 올렸다.

블로그라 해도 과거의 일부터 쓰기 시작하다 보니 블로그의 본질에서 벗어난 글쓰기에 불과했다. 하지만 쓰다 보니 이 일은 남을 위해서가 아니라 나에게 더 필요한 것이었다. 글로 정리하면서 내 병을 객관적으로 볼 수 있게 되었고, 심란할 때는 마음까지 차분하게 가라앉힐 수 있었으니 말이다.

블로그를 시작하고 여러 가지 일들이 생겼다. 그중 하나는 암 대책을 추진하는 일에 참여할 기회를 얻은 것인데,

그것은 암 투병 시에 직접 겪은 체험을 발표함으로써 암 환자와 환자 가족에게 도움이 되도록 하는 일이었다.

나는 그 자리에서 종종 내 투병기를 발표했다. 그 일로 인해 잘 몰랐던 암 대책에 관한 것도 공부하게 되었고, 내 병을 위해서도 자발적으로 알아보는 계기가 되었다.

암에 걸린 당사자는 물론이고 간병하는 가족들이 겪는 고통은 말로 다할 수 없을 정도인데, 거기서 만난 분들은 그런 상황에서도 다른 사람을 돕기 위한 노력과 봉사로 사회에 공헌하고 있었다.

오랜 세월 이익을 추구하는 일에 근무해 온 나로서는 그러한 일에서 무척 신선한 자극을 받았다.

진솔하고 따뜻한 그들과의 만남 이후, 앞으로 나는 어떻게 살아가야 할지를 진지하게 고민하게 되었다. 그러자 내가 걸어가야 할 길이 보였다.

'힘내자! 최선을 다해 살아가자!'

의욕이 샘솟았다. 암에 걸리지 않았더라면 결코 이런 체험을 하지 못했으리라.

사고가 긍정적으로 바뀌었고, 세상을 보는 시야도 넓어졌다.

이 또한 암에 걸린 덕분이다.

오랜 꿈이었던 대학 입학

그리고 또 하나 큰 결단을 내렸다.

'대학에 입학하자!'

회사를 그만두면 시간이 있다. 사실 오사카에 있을 때부터 몸 상태가 안정되기 시작했던 터라, 대학 입학에 대해 고려하고 있었다. 하지만 경성 위암에 걸린 몸으로 대학생활을 해낼 수 있을지 자신이 없어서 실행에 옮기지 못하고 있는 상태였다.

대학 입학은 회사에 근무했을 때부터 늘 꾸던 꿈이었으나 혹독한 투병생활을 하는 동안에는 완전히 잊어버리고 있었다. 암과의 싸움이 최우선이었기 때문이다.

하루하루 목숨을 연명하기도 힘든 상황이었으니 당연했다. 더욱이 내 병은 가까운 장래조차 꿈꿀 수 있는 병이 아니잖은가.

그러나 치료 효과 덕에 극적으로 얼마간의 시간이 주어졌다.

'남아 있는 목숨'이 아닌 '주어진 목숨'.

연장된 이 시간을 꿈을 실현하는 데 쓰고 싶었다.

'남은 삶을 불꽃처럼 살리라. 나는 내 길을 가리라. 나는

그 길의 증인이 되리라.'

꿈이 크든 작든, 실현할 수 있든 없든 간에 꿈을 향해 얼마만큼 마음을 기울이고 노력을 했는지가 중요하다. 따라서 꿈을 갖고 앞으로 걸어갈 때는 남은 삶이 얼마나 남아 있는지를 걱정할 필요가 없다.

어찌 생각하면, 어떻게 살았는지 보다 어떤 인생을 꿈꾸었는지가 더 중요한 것 같다. 꿈은 그 사람이 죽은 후에도 계속 살아 있기 때문이다. 그리고 원래 지상에는 길이 없었지만 사람들이 많이 걸어 다님으로써 길이 생기지 않았는가.

이런 생각을 하다 보니 '짧지만 가치 있는 인생을 살겠다.' 라는 결의가 내 삶의 중심에 자리 잡았다.

암 투병을 하면서 품게 된 삶의 지침 중 또 하나는 누군가에게 도움이 되는 삶을 살고 싶다는 것이었다. 그리고 내가 원하는 삶을 구체화하기 위해서 공부가 중요하다고 판단했다.

오랜 꿈을 실현하기 위해 나는 한 대학의 통신교육부 교육학과에 입학했다.

입학식 날은 하늘도 푸르고 캠퍼스에는 벚꽃이 흐드러지게 피어 있었다. 나는 오랫동안 그려왔던 대학 캠퍼스에서 '배움'의 첫걸음을 시작했다.

목표는 '졸업'이다.

내 목표 설정은 일 단위에서 주 단위, 그리고 월 단위를 거쳐 어느새 년 단위로 바뀌어 있었다.

하고 싶은 일이 얼마나 많은지

후쿠오카로 돌아와 반년쯤 지나고부터는 병 관리나 조절에 각별히 조심하면서 시간을 아껴 그 흐름을 따라가듯이 일정을 짰다.

예전부터 좋아했던 아소의 억새를 보러 드라이브를 나가기도 하고, 구로카와 온천과 우레시노 온천 등 후쿠오카 가까이에 있는 온천여행을 다녀왔다. 또한 조카의 계획으로 25주년 도쿄 디즈니랜드에 다녀왔고, 정월에는 엄마와 가장 젊은 조카, 나 셋이서 오키나와 여행을 했다. 일러스트 그리기가 특기인 조카는 여행하는 동안에 일러스트를 직접 그려 넣은 '오키나와 여행 가이드북'을 만들어 우리의 여행을 한층 신나게 만들었다.

매달 빠짐없이 몇 가지 이벤트를 만들어 어머니와 늘 동행하면서 갖가지 추억을 쌓아갔다.

시한부 암 환자가 할 수 있는 행동이 아닐지 모르지만, 나 하고 싶은 일들을 하나씩 해나갔다.

그리고 오사카에서 사랑하는 직장 후배들이 찾아왔을 때는 오사카에 있을 때부터 '생 오징어 회를 사주겠다.'고 했던 약속을 지켰다. 그녀들이 머무는 1박2일 동안 '식도락 프로그램'으로 이름을 정하고 실행에 옮겼다.

미즈타키 요리[11], 포장마차 라면, 생 오징어 회를 먹었고, 선물로는 매운 명란젓 같은 하카타 명물을 준비했다. 중간 중간 시카노시마 섬과 이토시마 반도를 드라이브했고, 마지막에는 우리 집에서 수다를 떨었다.

빡빡한 일정이었지만 옥색 하늘과 에메랄드빛 바다가 펼쳐진 이토시마 반도에서 바람 살랑대는 해안선을 따라 걸으며 'Love so sweet'를 함께 부르기도 하고, 왁자지껄 떠들면서 드라이브했던 일은 지금 생각해도 미소가 피어오른다.

즐겁고 행복한 시간이었다.

---

11) 미즈타키 : 후쿠오카 하카타 지방의 영계백숙 요리.

사랑하는 단짝 친구들과 떠난 여행

그리고 또 하나의 여행. 가장 친한 친구들과 도쿄 디즈니 랜드에 갔던 일도 잊지 못한다.

꽤 오래된 단짝 친구 셋이서 여행을 가기로 했다.

우리 셋은 고등학교 1학년 때부터 친구였으니 30년 지기다. 친구라고 말하기에는 어감이 너무 가볍다. 친구를 넘어서는 사이, 어떤 의미에서는 가족보다 더 친밀하다. 우리 셋은 혈맹이나 동지 같은 관계로 맺어져 있다.

서로 다른 인생을 걸어가고 있지만, 늘 긴밀하게 연락하고 의지하며 계속 이어져 온 우리들의 인연……. 이런 좋은 친구들을 얻을 수 있었다는 건 내 인생에 굉장한 선물이다. 늘 감사하게 생각한다. 좋은 친구를 둘이나 두었으니, 난 참 행복한 사람이다.

행운인지 불운인지, 우리 셋은 같은 시기에 불황의 여파로 우연히 백수가 되었다. 그 덕에 시간적인 여유가 생겼고, 지금껏 열심히 살아왔던 인생의 포상으로 몇십 년 만에 함께하는 여행을 계획하여, 과감하게 호화 디즈니랜드 여행을 택해 수학여행 가듯 길을 떠나기로 했다. 디즈니랜드에는 그간 몇 번 갔었지만 이번에는 실컷 먹고 즐기고 싶었다.

아줌마들에게 호화라는 말은 '하고 싶은 것을 마음껏 해 본다.'는 뜻이다. 디즈니랜드의 새로 생긴 호화 호텔에 묵으면서 놀이기구도 오래 기다리지 않고 실컷 타보고, 퍼레이드나 쇼도 느긋하고 여유롭게 감상하고, 기념품을 잔뜩 사들고 호텔로 돌아오는 등 온종일 신나게 돌아다녀도 전혀 피곤하지 않은 여행 말이다.

이처럼 요구가 많았지만, 우리들의 희망 사항을 120% 만족시켜 주는 '디즈니랜드 리조트 휴가 패키지여행'을 발견하고는 환호했다. 출발할 때까지 쇼핑을 하고 스케줄을 짜면서 별거 아닌 수다로 들뜬 시간을 보냈다. 어린아이처럼 가슴이 설레었다.

장마철이지만 비도 내리지 않았다. 예상했던 것보다 훨씬 신나고 재미있는 여행이었다. 그야말로 최고의 2박3일 여행이었다. 단짝 친구 세 사람에게 잊지 못할 즐겁고 멋진 추억이 하나 더 늘어난 셈이다.

지금도 한 달에 한 번씩 셋이서 나들이 삼아 점심식사를 하러 간다. 접시가 깨질 만큼 끝없이 수다가 이어진다. 서로 조심할 필요도 없고, 호흡도 척척 맞는다. 한마음인 친구들과 따스한 대화를 나누는 이 시간이 얼마나 행복한지 모른다.

대학 공부도 열심히 하고 있다. 후쿠오카에서 실시하는 스쿨링[12]에 빠짐없이 출석하고, 리포트도 잘 제출하고, 시험도 제때에 잘 치르고 있다. 하지만 스케줄대로 맞추는 게 이렇게 힘들 줄은 생각도 못 했다. 대학 공부를 만만하게 보았다는 생각이 들 때도 있다. 어쩌면 4년 안에 졸업하는 건 어려울지도 모른다.

그러나 새로운 학문과 접할 때면 신선하고 재미있다. 스쿨링에서 만난 학우들에게도 큰 자극을 받곤 한다. 학우들은 푸릇푸릇한 청춘부터 어른까지 다양한 사람들이 모여 있어, 교실에는 늘 활기가 넘친다.

도쿄에서 실시하는 여름 스쿨링에도 7박8일 동안 혼자서 다녀왔다. 지방에서 실시하는 스쿨링도 좋지만, 도쿄 본교 교실에서 듣는 수업은 본격적이라서 느낌이 달랐다. 그야말로 최고의 수업이었다.

한여름의 강한 햇볕과 찜통더위에 체력이 바닥났지만 무엇과도 바꿀 수 없는 소중한 경험이었다.

---

12) 스쿨링(schooling) : 통신교육을 받는 학생들이 정해진 수업 시간만큼 직접 학교에 나가 교실에서 강의를 듣는 일.

시한부 선고를 받은 후 네 번째 생일

연말 즈음인 내 생일이 되면, 시한부 선고를 받은 해부터 매년 거르지 않고 가족들이 모두 모여 파티를 했다. 매번 올케언니가 딸기케이크를 준비한다.

가족들은 시한부 첫해였던 2006년에 담당 의사들의 의견을 듣고서 내 생일 파티는 그해가 마지막이라고 예상했을지도 모른다. 그러나 좋은 의미에서 해마다 놀랄 만한 반전을 거듭하고 있다. 그 후로도 2007년, 2008년, 2009년 네 번이나 생일 파티가 이어지고 있다.

네 번째 생일 파티를 맞이했을 때는 잘 견뎌낸 내 자신이 대견했고, 4년이나 생명이 연장되었다는 사실이 경이로웠다.

그동안 내 생명의 연장을 위해 최선을 다해 주고, 나를 행복하게 해준 많은 분들께 마음 깊이 감사했다.

한 해에 한 번 벌이는 이 생일 파티는 내 삶에 긍정적으로 작용하여 잘 살아온 지난 일 년과 앞으로 살아갈 일 년을 확실하게 이어준다.

새로운 일 년도 꿋꿋하게 잘 살아가리라. 오른손을 꼭 쥐고 힘차게 외친다.

"일 년 동안 힘껏 살아보자!"

암과의 싸움, 다음 단계로

항암제 치료를 이어가면서도 일상생활이 가능했던 이유는 암의 활동이 잠잠해진 덕분이었다. 후쿠오카로 돌아와 일 년 반 정도 지났을 무렵, 여름부터 암이 다시 행동을 개시하는 바람에 내 스케줄을 변경할 수밖에 없었다.

의사선생님도 "후회 없이 인생을 실컷 누리세요.' 라고 새삼스럽지만 솔직하게 말해 주었다.

암과의 싸움이 다음 단계로 접어든 모양이었다. 방광에 새로운 암이 발견되었던 것이다.

이 일은 나에게 어떤 의미에서 새로운 활력소로 작용했다.

당시 항암제 시스플라틴과 TS-1의 순조로운 치료로 암이 작아져 암의 활동이 잠잠해져 있었다.

그토록 '힘들다. 고통스럽다.' 를 입에 달고 살았으면서도, 몸이 조금 나아지자 암을 얕보고 방심했는지도 모른다. 긴장을 늦추지 않았다고 생각했으나 느슨해졌던 것 같다.

그 틈을 타 암이란 적이 다시 나를 공격했다. 이번 공격은 기습적이었다.

지금까지 나는 암과 싸워 이겨냈다. 정신적으로도 달아나지 않았다. 이번에도 이 만만치 않은 적에게서 한 발짝도 물러서지 않을 각오가 서 있다. 독하게 도전하리라.

이제 새로운 싸움이 시작되었다. 전투 자세를 취하고 주먹에 힘을 모아 몸속의 세포들에게 '어서 내 암을 먹어치워!' 라며 기합을 넣었다. 암 녀석에게 강력한 펀치를 날려주마!

'결코 지지 않아! 항복하지 않아!'

새로운 치료 방식을 결정하기까지 한 달쯤 걸렸다. 그동안에 진행한 검사 결과를 확인한 후에 방향을 정했기 때문이다.

긴장 상태로 한 달을 보냈다.

'절대로 지지 않아! 지지 않아! 지지 않을 거야!'

굳은 결심을 했다. 멍하게 있으면 암이란 적이 내 마음의 약한 부분을 파고들 테니 틈을 보이지 말자고, 하루도 빠짐없이 힘껏 내 세포를 다그쳤다.

'절대로 암 세포에 지지 말자!'

그렇게 한 달이 지난 후 CT 검사 결과를 보고 치료법을 결정하는 날, '새로운 암이 없어지지는 않았지만 커지지도 않았다.'는 검사 결과가 나왔다.

'좋아, 잘했어!'

마음속으로 승리의 포즈를 취했다.

내 건강한 세포들이 잘 버텨준 모양이다. 다행이다. 기뻤다.

새로운 암이 출현하고 나서 한 달, 힘주어 주먹을 쥐고 독하게 대응하리라 다짐했지만 긴장했던 탓인지 안도의 눈물이 왈칵 쏟아졌다. 마음이 조금 편해졌다.

한참 동안 펑펑 울고 있는 나에게 의사선생님이 따뜻한 위로의 말을 해주셨다. 그 말을 듣자 봇물이 터진 듯 눈물이 흘러내렸다.

가슴에 박혔던 불안과 걱정들을 눈물이 조금 씻어주었는지, 잠시 후 현재의 상황을 편안하게 받아들일 수 있게 진정되었다.

'치료를 계속한다.'

이 말은 난치암 환자인 나를 바위 덩어리처럼 무겁게 짓눌렀다.

새로운 암과 싸워야 하는 일이 두렵지 않을 리 없다. 그러나 이미 목표는 정해졌다.

2년 반 동안 투여해 온 TS-1이 잘 듣지 않아서 항암제를 바꾸기로 했다. 다음 항암제는 캠토테신(camptothecin)[13]과 택솔(taxsol)[14]에서 둘 중 하나를 선택해야 한다. 부작용과 치료 절차 등의 설명을 듣고, 주치의 선생님과 상담한 후에 캠토테신으로 정했다.

내 결정의 주요 요소는 탈모였다. '택솔은 탈모가 확실하게 진행되지만 캠토테신은 택솔에 비해 탈모에 영향을 적게 준다.'라는 말을 듣고 결정한 것이다.

아무래도 머리카락이 신경 쓰이니 어쩌겠는가.

그러나 안이하게 결정했음을 나중에 깨달았다. 머리카락이 숭숭 빠지고 부작용도 심했다. 당일로 끝나지 않아 매번 4~5일 입원 치료를 해야 했고, 이로 인한 부작용도 엄청났다. 체력도 정신력도 다 소진되었다. 하루하루 암과 치열하게 전쟁을 벌여 나갔다.

결국, 캠토테신은 4차에서 단념했다. 부작용은 구역질

---

13) 캠토테신(camptothecin) : FDA의 승인을 받은 항암제로 복제 스트레스를 유도하고 암세포가 분열하는 것을 멈추게 하지만, 상대적으로 빠르게 약물 저항성이 나타나고 작용 기전이 잘 알려져 있지 않아 임상적 항암 활성은 극히 제한되어 있다.

14) 택솔(taxsol) : 미국 국립암연구소가 미국 서해안에 자생하는 주목나무(Taxus brevifolia)의 껍질에서 추출하여 합성한 항암제. 골수 억제로 인한 백혈구의 감소로 부작용이 나타나며, 탈모가 심하고, 말초신경장애·근육통 등이 나타나기도 한다.

만이 아니었다. 약으로 구역질을 잠재워도 몸이 나른하고 설사가 잦았으며, 가슴이 두근거리는 등의 갖가지 고통스런 증상이 나를 덮쳤다.

나를 짓누르는 끔찍한 고통이 한계에 달했을 때는 '이제 더는 못 견디겠다!' 라고 포기하고 싶어진다. 그러다 몸이 조금이라도 회복되면 '좀 더 힘을 내보자!' 라고 마음을 다잡곤 한다.

고통스러웠던 트라우마를 지우고 나 자신을 다시 격려한다. 그러나 이 항암제 치료를 계속할 수 있을까? 솔직히 말해서 자신이 없었다.

그동안 경험했던 항암제 중에서 가장 괴로웠던 약은 시스플라틴이었다. 그렇지만 이 약은 6차라는 한정된 기간이 정해져 있었다. 여섯 번만 참으면 되었다. 단락을 지을 수 있었다.

이번 캠토테신은 시스플라틴보다는 덜 힘들지만 기한이 없다. 요컨대 캠토테신은 약 효과가 나타나지 않을 때까지를 목표로 삼는다. 일단락이라는 것이 없다. 육체와 정신을 한꺼번에 짓누르는 싸움이다.

캠토테신이라 할지라도 당일 치료로 끝나는 사람도 있고, 나처럼 약을 투여할 때마다 입원해야 하는 사람도 있다. 같은 항암제라도 효과나 부작용이 제각각이다. 그야말로 천차만별이다.

부작용이 힘든 건 삶의 질을 저하한다는 점이다. 나처럼 수술이 불가능한 환자의 경우, 치료란 기본적으로 완치가 아니라 '생명 연장'일 뿐이다. 그렇기에 최대한 삶의 질을 지켜줄 수 있는 치료가 중요하다.

주치의 선생님도 캠토테신 치료를 계속 이어간다는 건 쉽지 않은 일이라고 걱정스러워 하며 설명해 주었다. 예상하고 있던 터라 말씀드리려고 했는데, 선생님이 먼저 알려주어 의외로 안심이 되었다.

CT 검사 결과를 보고 나서 다시 항암제를 변경하기로 했다.

어차피 생명은 영원하지 않다. 언젠가는 떠난다. 현재 내게 주어진 상황을 고스란히 받아들여야 한다. 잘못 판단하면 후에 더 고통스러울 수도 있다. 지금 못 견디는 고통이 따를지라도, 약이 효과가 있어 생명만 연장된다면 더 바랄 게 없다.

맨 처음 투여 받았던 시스플라틴과 TS-1, 두 종류 항암제는 엄청난 고통이었지만 3개월 시한부 선고를 받았던 나에게 식욕과 기운을 돌아오게 해주었고, 일상생활을 되찾아 주었으며, 그 모두를 즐길 시간도 주었다.

그로부터 이제 곧 3년이 된다. 나와 비슷한 상태의 환자가 3년을 더 산 경우는 없었다고 했다.

'생명 연장 치료'는 나에게 또 다른 인생을 살게 해주었다.

마지막으로 선택권은 나에게 있다.

'가치 있는 인생을 살기 위해서.'

그렇다. 이것이 바로 내 병과 공존하는 방식이다.

다음 약은 선택의 여지가 없었다. 택솔뿐이었다.

택솔은 반드시 탈모가 온다. 이미 캠토테신을 투여했을 때도 예상외로 머리카락이 숭숭 빠졌으므로 거부감 없이 택솔을 받아들였다.

그러나 투여 첫 회부터 택솔의 부작용은 내 머리카락을 한 가닥도 남겨놓지 않을 기세였다. 부정적으로만 생각되는 악순환의 고리로 빠져들기 시작했다.

'신이여! 왜 나는 이렇게 고통을 받아야 하나요?'

나는 몸부림쳤다. 워낙 각오했던 약이라서 그나마 구역질은 많이 하지 않았고, 입원도 하지 않은 상태에서 하루만 병원에서 치료하면 됐다.

그러나 이전에 비해 몸이 형편없이 나빠졌다. 집에만 틀

어박혀 있을 때도 많았다. 몸 상태가 이 모양이니 어쩔 도리가 없지만, 이런 내 모습에 화가 났다.

탈모를 겉으로는 받아들이지만 정작 속에서는 받아들이지 못하는 모양이다. 당당하게 받아들이자고 다짐은 하면서도 거울을 볼 때마다 상처를 받곤 한다.

머리카락이 여자의 전부까지는 아니더라도 인상과 외모에서는 무척 중요하다. 여자에게 머리카락이 얼마나 중요한지를 새삼스럽게 깨달았다.

상황을 받아들이지 못하고 결국 가발을 쓰기로 했다. 가발을 구입할 때도 줄곧 긴 머리였던 나는 긴 머리로 하겠다고 고집을 부렸다. 긴 머리를 그대로 고수하고 싶었다. 그러나 가발가게 점원이나 어머니는 짧은 머리가 손질하기 쉽다며 반대 의견을 비쳤다. 나를 위해서라는 건 잘 알지만 나는 긴 머리에 집착했다.

하루하루 뭉텅뭉텅 머리카락이 빠져나가는 걸 보면서 나에게서 뭔가 다 빠져나가는 느낌이 들어 심란했다. 겉모습을 예전처럼 꾸며서라도 시간을 되돌리고 싶었다. 그러나 어차피 가발이다. 내 머리카락은 아니다. 내 상황에 맞춰 타협해야 할 시점이 된 것이다.

"이제 와서 단념할까 보냐!"라는 말이 저절로 튀어나왔지만 이내 입을 다물고 말았다.

암에 걸린 후로는 현실과 수도 없이 타협해 왔다. 그러다 보니 가슴 밑바닥에 깔려 있던 슬픔이 흘러넘치곤 한다.

지금 나는 짧은 머리형 가발을 쓰고 다닌다.

암의 부작용이 외모에 영향을 준다는 것이 이처럼 큰 상처가 될 줄은 몰랐다.

내 몸에 새롭게 기거하는 '암'도 나를 가만히 놔두질 않았다. 하루도 쉬지 않고 나를 괴롭혔다. 가장 큰 부작용은 기운이 나지 않는다는 것이다. 3년 동안 험난한 산을 넘어왔는데도 그다음에 나타나는 산은 훨씬 험난하다. 부정적인 생각의 소용돌이에 빠져든 것 같다.

어떻게 공격해서 반전 상태를 만들까?

몸도 마음도 너덜너덜해졌다. 몸이 아프면 마음도 덩달아 힘들다. 심한 부작용은 심신을 풀죽처럼 만든다. 내 몸은 아직도 단련하는 법을 제대로 터득하지 못한 상태다.

나를 되찾기까지는 시간이 걸렸다. 이번 고통에서 어서 빨리 벗어나고 싶은 마음뿐이었다. 몸이 수도 없이 비명을 질러대고 있었다.

부작용이 심해지고 상태가 악화되자 거의 드러누워 있었고, 견딜 수 없다고 아우성을 치거나 불평을 늘어놓기 일쑤였다.

'도망치면 불평이 따라온다. 그러나 맞서면 극복을 위한 목표가 된다.'

몇 번이나 같은 경험을 했는데도 여전히 나는 종종 무너지곤 한다. 마음을 독하게 먹고 있다고 믿었는데, 왜 이렇게 약한지 모르겠다.

아니다. 가슴 밑바닥에서는 여전히 뜨거운 불씨를 간직하고 있다. 맞설 힘을 잃지 않았고, 적극적이며 나약하지도 않다. 고통 받는 만큼 뒤로 한 발짝 물러나서, 도움닫기를 하듯 다시 앞으로 힘차게 내디딜 힘을 기르는 중이라고 생각했다.

그러면서도 '꾸물대고 있을 시간이 없는데!' 라는 생각이 들어 한편으로는 화가 났지만, 아무리 발버둥 쳐도 소용없으니 주어진 상황에 몸을 맡기기로 했다.

머리가 아니라 마음으로 나 자신을 안정시켰다.

'남은 시간 동안 어떻게 하고 싶은지 솔직하게 펼쳐봐. 진정으로 하고 싶은 건 뭐고, 어떻게 하고 싶은데?'

나 자신에게 수도 없이 질문을 던졌다. 그 대답은 '스스로 납득할 수 있는 삶을 관철하는 거야!' 였다.

그렇게 외친 후, 소용돌이치던 마음의 동요가 멈췄다. 머리카락이 뭉텅뭉텅 빠져나가고 후유증의 고통으로 혼미해져 있었지만, 그 순간부터는 어떤 일에도 크게 동요하지 않았다.

머리카락이 빠진 머리에는 준비한 가발을 썼다. 내 머리보다 훨씬 젊어 보이기도 하고 쌀쌀한 날씨에는 따뜻하기도 해서 좋은 면도 있었다. 한 번 쓴 후로는 내 머리마냥 매일 쓰고 다녔다.

몸 상태의 조절은 어렵더라도 정신만은 확고히 하자고 끊임없이 내 자신을 북돋웠다. 그렇게 해서 힘든 시간을 버텨냈다.

이번 고뇌는 다시 한 번 산을 넘기 전에 심신을 단련하기 위한 훈련이며, 병에 지지 않고 인생을 살아가기 위한 시간이었다.

그렇게 타협하고 다짐하며 힘겹게 지속해 온 항암제 택솔이었지만, 효과를 거두지도 못하고 다시 새로운 암이 발견되었다.

이번에는 난소에서 5㎝의 종양이 발견되었다. 결국 택솔도 4차에서 종료할 수밖에 없었다.

내 머리카락을 몽땅 빼앗아 가고, 얼굴을 두드러기로 뒤덮어놓던 택솔 치료는 아무런 효과도 없이 막을 내렸다.

내 암은 발견되었을 때부터 혈액 검사의 종양마커에 수치가 나타나지 않아서 항상 CT 검사가 중요했다.

암의 근원지인 위 그리고 대장과 간에는 변화가 없어 보였지만, 방광과 난소에 새롭게 암이 나타났다. 왠지 꺼림칙하고 기분이 나빴다.

이 같은 새로운 암은 2년 반쯤 지나서부터 나타나기 시작했는데, 암은 재발할 경우 처음 발견했을 때보다도 훨씬 힘들다고 들은 적이 있다.

내 경우는 재발이라는 표현이 적확하진 않지만, 잠시 잠잠하던 암이 다시 활동하기 시작했으니 재발과 다를 바 없었다.

이후로 새로운 항암제 치료가 내 일상을 송두리째 삼켜 버렸다. 새로운 항암제에 따라 새로운 고통이 시작되었다. 예정했던 일을 제대로 진행할 수 없었다. 원인이 항암제에만 있을 리 없지만 나는 죄다 약이 일으킨 부작용의 고통으로만 치부해 버렸다. 처음부터 그렇게 결론짓고 있었다.

그러다가 어느 순간 단념해 버렸다. 그렇게 휘둘리면서 분했다. 당연히 이렇게 주저앉아선 안 된다고 스스로를 다

그쳤다.

　'아무리 암에 걸렸다 해도, 약의 부작용에 괴롭다 해도
내 인생의 주인은 나다. 내 삶의 주도권은 내가 쥐고 있
다!'

　그렇게 생각하자, 어느새 전투 자세로 돌아와 있었다.
다시 힘이 솟아났다.

chapter

6

이제부터의 나, 모두에게 은혜 갚기

엄마가 없었다면

단언하건대 엄마 없이는 지금의 내가 존재할 수 없었다.

엄마는 마흔둘에 아버지를 먼저 보내고, 그때부터 혼자서 우리 집을 지켜왔다. 그리고 일흔다섯까지 현역으로 일했다. 그런 엄마가 자랑스럽고, 존경한다.

엄마는 어떤 일이든 결단이 빠르다. 우물쭈물 망설이는 모습을 본 적이 없다. 시원시원하고 올곧기 그지없는 사람이다.

엄마는 내가 입원하면 아무리 바빠도 나이를 핑계 삼지 않고 하루도 빠짐없이 병원에 찾아왔다. 나는 경성 위암

이전에도 다른 병으로 다섯 번이나 입원을 한 적이 있다. 그 당시에는 엄마가 일을 하고 있어서 바빴지만, 하루도 거르지 않고 잠깐 동안이라도 병원을 다녀갔다.

내가 오사카에서 병원에 입원했을 때도 엄마는 일흔 후반의 나이인데도 버스와 기차, 지하철 등을 바꿔 타고서 항상 웃는 얼굴로 병실에 와주었다.

나는 엄마가 방문할 때마다 그 기운을 받았다. 병실에 와서 함께 점심을 먹고 낮잠을 자고 저녁이면 돌아가는 일상. 엄마와의 연락은 주로 휴대전화였지만, 나는 입원 치료를 받을 때면 불안하여 엄마에게 문자를 배우라고 부탁드렸다.

엄마는 불가능하다고 했지만 올케언니가 엄마에게 사용법을 가르쳐 드려 소통할 수 있었다. 엄마가 보낼 수 있는 답신 문자는 'ㅇ'뿐이었다. 'ㅇ'이란 답신은 내가 문자로 부탁한 것의 '긍정'을 의미했다. '응, 알았어.' 대신에 'ㅇ'을 보내왔다. 그래서 나는 문자를 보낼 때면 엄마가 'ㅇ'이라는 글자만 누를 수 있게 내용을 상세하게 써서 보냈다.

세상에서 가장 짧은 휴대전화 메시지였지만 'ㅇ'이라는 문자를 처음 받았을 때는 우주에서 온 답신인 양 신기했고, 수많은 말이 담긴 듯해서 보고 또 보고 몇 번이고 들여다보았다. 한 글자이지만 엄마와 문자를 주고받을 수 있다는 사실이 너무나 기뻤다. 불안한 입원 생활에서 엄마가 보내주는 'ㅇ'자를 보면 저절로 미소가 피어오르며 마음이 편안해졌다.

문자를 주고받는 날이 오래 이어지지는 않았지만, 마음 훈훈해지는 엄마와의 추억이 하나 더 늘었다.

지금은 엄마와 늘 함께 행동한다. 여든한 살이지만 여전히 내 병간호를 하고 있다.

드라이브를 할 때 조수석은 엄마 지정석이다.

"우리 딸은 운전을 참 잘해."라고 진심어린 칭찬을 해주지만, 목적지에 다다를 쯤에는 자고 있다. 내가 운전하는 차의 조수석이 편한 모양이다.

병원에서도 늘 함께 있다. 첫 외래 진찰을 받았을 때, 의사선생님은 엄마를 환자라고 착각하여 엄마에게 "식욕은 어떠십니까?"라고 물었을 정도다.

나이 먹은 엄마와 딸이다 보니 그럴 만도 하다. 덕분에 그 자리에 있던 사람들이 실컷 웃었다.

엄마는 나보다 하루만 더 살고 싶다고 말한다. 독신인 나를 혼자 두고 가는 게 불쌍해서라고 한다.

나는 그런 엄마를 '혼자 놔두고 죽을 순 없지.' 라고 생각한다. 그런 엄마를 위해서라도 나는 조금이라도 오래 살고 싶고, 오래 살아야 한다.

엄마와 나는 서로 의지하며 살고 있다. 물론 내가 엄마에게 더 많이 기대고 있지만, 내가 살아 있다는 것이 엄마에게도 버팀목이 되고 있음이 분명하다.

엄마는 나에게 매일 아침이면 이렇게 얘기한다.

"오늘 하루도 즐겁게 보내렴."

항암제 치료로 못 견디게 힘들 때는 "즐겁게라니요? 어떻게 즐거울 수가 있어요?"라고 반박한 적도 있었지만, 엄마의 '즐겁게' 라는 말은 특별하게 즐거운 뭔가를 하라는 뜻이 아니다. 고통스러워서 아무 일도 못하고 하루 종일 잠만 잘 때는 '지금 이 순간은 잠이 필요하니까.' 라는 뜻이고, 불평을 하고 욕을 쏟아낼 때는 '그렇게 내뱉을 수밖에 없는 시기야.' 라는 뜻이다. 그러니까 '즐겁게' 는 끙끙대거나 부정적으로 판단하지 말고, 날마다 일어나는 일을 긍정적이고 낙관적으로 대하라는 뜻이다.

몸 상태가 견딜 만하면 무조건 즐겁게 살기로 했다. 엄마는 내가 하는 일이면 어떤 일이라도 반대한 적이 없다. 투병 중인 지금도 변함없다. 내가 하고 싶은 일을 하며 즐겁게 살기를 바란다.

그런 엄마에게 은혜를 갚는 길은 '하루라도 더 오래, 즐겁게 사는 것' 이다.

암과 함께 살아가다

내 몸속에서 나를 괴롭히는 '경성 위암' 을 배제하고는 근래의 내 삶에 대해 말할 수 없을 정도로 괴로움의 연속이지만, 암과 함께 해온 날들은 소중한 것들을 나에게 가르쳐 주었다. 좋은 의미의 공존을 해온 셈이다.

암은 얼마 동안의 침묵을 깨고 다시 활동을 시작했다.

처음부터 배 속에 작은 암세포들이 흩어져 있는 복막종양이 확인되었으므로 배 속 여기저기서 암이 발견되었다 해도 그다지 이상할 게 없다.

경성 위암에 걸린 위, 이미 간과 대장에도 침투했고 방광과 난소에서도 새롭게 발견되었다. 주치의의 설명과 여러 정보 등으로 볼 때 대충 짐작은 간다.

그러나 처음에 수술을 하려고 배를 열었으나 손도 못 대고 닫았음을 알고 그 사실을 받아들였을 때부터 나는 암을 꼭 내 몸속에서 없애버리고 싶지는 않았다.

이미 암을 전부 제거하기에는 늦었다는 것을 나는 인지했다.

치료 도중에 항암제가 효과를 보이자, 의사선생님은 지금 같으면 수술에 기대해 볼만도 하다며 수술 결정권과 선택권을 주셨지만 나는 그 자리에서 바로 거절했다. 나는 암과 함께 가는 길을 선택했다.

수술로 위를 잘라낸다 한들, 배 속 여기저기에 흩어져 있는 암을 전부 제거한다는 것도 완치한다는 것도 다 어려운 일이다. 물론 어느 쪽이 좋을지는 모른다.

내 삶은 내가 선택하고, 내가 책임진다. 그런 태도가 후회를 남기지 않는 나만의 법칙이어서 그대로 행했다. 또한 내일을 살기 위해 오늘을 열심히 살았다.

나는 앞으로도 암으로 인해 생활에 제한이 생기거나 하고 싶은 일이 한정된다 할지라도, 내 경성 위암과 타협하고 공존하면서 수명을 다할 때까지 '잘 살아보자.' 고 결정했다.

세상에서 가장 아름다운 색은 나 자신에게 맞는 색이다.

그렇게 살아온 지난 3년 반의 삶이 앞으로의 '인생 속편' 에 확실하게 바통을 넘겨주어, 반드시 새로운 미래를 걸어가는 나를 비추어 줄 것이다.

속(續), '두려움 없이, 당당하게' 살겠다는 결심

내가 지금까지 살아 있다니, 꼭 꿈만 같다.

내기 절망의 끝에 서 있었을 때 '어떤 운명도 가치 있는 것으로 바꿀 수 있다.' 라는 용기의 말은 내 심지를 강하게 해주었다. 그리하여 적극적이면서 지지 않는 인생을 살아가겠다고 결심하고 힘껏 살아왔다.

나는 살아 있다는 것만으로도 행복하다. 그리고 나는 지금 살아 있다.

이 모두를 뛰어넘는 가장 큰 포인트는 '마음가짐' 이다.

암에 걸린 내가 절망을 하건 희망을 갖건, 모든 것은 '마음가짐' 에 따라 다르다.

나는 절망 쪽으로 기울지 않겠다고, 지지 않고 앞을 향해 가겠다고 굳게 마음먹었다.

그런 마음가짐이 생명력을 향상시키고 세포를 강화시킨 것인지 세포가 잘 싸워서 항암제의 효과를 높였는지 증명할 방법은 없지만, 결과적으로 나를 잘 살아가게 해주었다.

암세포도 정상적인 세포도 다 내 세포들이다.

변화된 근원, 그 힘은 몸과 마음이 아프지 않도록 마음을 써준 의료인들과 항상 내 편인 엄마와 가족, 친구들과 격려해 준 모든 사람들의 응원과 지지로 이루어졌다.

그 힘으로, 나는 병과 싸울 때면 아무리 힘들고 괴롭더라도 마지막에는 "절대로 지지 않아."라며 공격 자세를 취한다. 모두에게 받은 좋은 기운 덕분이다.

나 혼자의 힘만으로는 결코 여기까지 살아오지 못했다. 나를 도와준 모든 이들에게 은혜를 갚는 길은 암과 공존하면서 건강하게 살아가는 일, 오로지 그뿐이라고 생각한다.

어느 날 친구에게서 이런 메시지를 받았다.

'하고 싶은 대로, 살고 싶은 대로 산다는 건 무엇일까? 그걸 가장 잘 알고 있는 사람은 바로 너야. 넌 새롭게 받은 인생을 살고 있으니까, 너라면 충분히 실행할 수 있어. 굉장하잖아! 멋진 삶이라고 생각한다.'

병에 지지 않고 잘 살고 있다는 평가를 받은 듯해서 참 기뻤다.

얼마 전에 의사선생님도 이런 말을 해주셨다.

"당신은 이미 상식을 뛰어넘었습니다."

지나가는 말처럼 들려준 이 말에 나는 "정말이에요?"라며 진찰실에서 팔딱팔딱 뛰었다. 기뻤다. 너무 기뻐서 하늘이라도 날아오를 수 있을 것만 같았다.

의학계의 상식적인 통계를 뛰어넘은 나는 이단아일까?

그렇다면 앞으로 걸어갈 날은 미지수!

결정된 길이란 없으니 살고 싶은 대로 살아가자!

어느 쪽으로 가도 바람은 분다.

그리고 어떤 시련이 닥치더라도, 오직 '확실한 지금을 계속 이어나가며.' 라고 했던 엄마의 말처럼 '오늘 하루를 즐겁게 보내자.' 라고 다시금 다짐한다.

≪피할 수 없다면 두려움 없이, 당당하게≫의 속편을 펴내는 일이야말로 지금의 내가 모두의 은혜에 보답할 수 있는 길이라고 생각한다.

항암 치료제 덕분에 가족에게 통보한 시한부 선고 기한을 넘어섰을 때부터, 나는 '지금 내가 할 수 있는 일은 무엇일까? 누군가에게 작은 도움이라도 될 수 있다면.' 하고 소망하고 있었습니다.

그런 막연한 바람을 구체화하게끔 도와준 분이 후쿠오카의 정보지 〈AVANTI〉의 편집장(현재 후쿠오카 현 남녀공동참여계획센터 '아스바루(asubaru)' 관장) 무라야마 유카리 씨였습니다.

오사카의 병원으로 나를 병문안 온 무라야마 씨가 그런 내 소망을 듣고 "블로그를 해보지 않겠어요?"라고 제안해주셨습니다.

그런 일을 해본 적이 없던 나는 처음에는 불안했지만, 지금의 솔직한 심정을 글로 엮는 과정에서 뭔가가 일어나고 뭔가로 이어질지도 모른다는 예감이 들었습니다. 세상과의 그러한 연결고리를 통해 투병으로 하루하루를 보내는 '나 자신'을 되살아나게 해준다면 하는 기대감도 있었습니다.

그 이야기가 나오고 나서 일 년 후, 후쿠오카로 돌아온 2008년 6월부터 블로그를 시작했습니다. "언젠가 책도 내요!"라고 했던 말이 커다란 목표가 되었습니다.

그런 인연과 과정을 거쳐 이 책이 출간될 수 있었습니다. 무라야마 유카리 씨에게 다시 한 번 감사드립니다.

그리고 쇼시 칸칸보 출판사의 다지마 야스 씨도 힘껏 도와주어 목표를 실현할 수 있었습니다.

저에게 예기치 않은 기쁜 일도 생겼는데, 한창 책을 제작하고 있던 중에 다지마 씨와 함께 한국에 다녀왔습니다.

책 출간을 준비할 때 책 표지에 실릴 사진이 신경 쓰였습니다. 나라고 하는 피사체의 한계는 젖혀두고, 가능하면 아름답게 찍었으면 하는 바람이 있었습니다. 그런데 마침 서울에 이병호라는 젊고 유능한 사진작가가 있다고 해서 바로 결정하고 떠난 여행이었습니다.

이처럼 즉흥적인 해외여행은 처음이었습니다. 건강할 때도 못했던 일이었는데, 참 신기했습니다. 서울을 비롯하여 파주 헤이리마을에 들러 여러 장의 사진을 찍었습니다.

'해외 로케이션'이라고 이름 붙인 2박3일 동안의 한국 여행은 즐거웠고 의미 있는 시간이었습니다. 그 모든 것들이 무엇과도 비할 데 없는 큰 선물이었습니다.

다지마 씨와는 이번 책 출간을 계기로 몇 차례 만났는데, 인품도 뛰어나고 나와 생각도 척척 맞아서 마음을 터놓고 친하게 지내고 싶은 분이었습니다.

덕분에 이 책이 순조롭게 잘 진행되었고, 나도 있는 그대로를 솔직하게 표현할 수 있었습니다.

이 지면을 빌어 진심으로 감사하다는 말씀을 드립니다.

책을 제작하는 도중에 의사선생님도 뜻밖의 말씀을 해주셨습니다.

"이 상태에서 진통제를 처방하지 않는 건 굉장한 일입니다. 정말로 운이 좋은 사람입니다."

경성 위암인 내가 운이 좋은 사람이라니?

그리고 보니, 나는 아픔을 호소한 적이 분명 없었습니

다. 아프지 않았으니 당연합니다.

암이 다시 활동한다는 사실에 진절머리가 났지만, 아무렇지 않은 듯 얘기해 주시던 의사선생님의 말에 나는 활짝 웃었습니다.

'운이 좋은 사람.'

이보다 더 좋은 말이 또 있을까요?

진심으로 기뻤습니다.

선생님, 멋진 말씀 감사합니다.

마지막으로, 크나큰 사랑으로 항상 나를 포용해 주시고 지지해 주시는 세상에서 가장 사랑하는 엄마!

당신의 딸로서 앞으로도 힘차고 꿋꿋하게 살아갈게요. 그러면 조금이라도 효녀가 될 수 있을까요?

언제나 미소를 잃지 않고 따뜻한 모습으로 대해 주셔서 고맙습니다.

엄마의 딸로 태어나서 저는 참 행복합니다. 다음 생에서도 꼭 엄마와 딸로 만나요. 그때는 제가 엄마로 태어나서 엄마를 위해 살게요.

늘 걱정만 끼치는 딸이지만 앞으로도 잘 부탁해요.

야마시타 이쿠코

엄마와 오키나와에서

아픈 사람을 위해,
남을 위해 세상과 소통했던
야마시타 이쿠코 씨의 블로그

http://www.e-avanti.com/mitemite/ikuko

'병과 공존하는 생활, 가치 있는 인생을 살기 위하여~'

텔레비전 출연

2010년 9월 19일(일) 후지 텔레비전 '에치카의 거울'

≪피할 수 없다면 두려움 없이, 당당하게≫의 저자 야마시타 이쿠코

씨가 텔레비전에 출연했습니다!

삶의 마지막을 생각하는 시리즈 완결편!

'삶의 마지막 때를 통고받는다면, 당신은 어떻게 살겠습니까?'

"남은 생명이란, 남아 있는 생명이 아니고 선물로 주어진 생명."

— 야마시타 이쿠코

이쿠코씨가
블로그에 남긴 마지막 글

960매의 감상문

며칠 전 제 모교에서 960매의 감상문을 1학년부터 3학
년까지 각각 학년별로 예쁘게 제본해서 보내주셨습니
다. '절망에서 희망을 찾다' 라는 제목으로 모교에서 강연
을 했는데, 그 강의를 들었던 학생들이 쓴 감상문입니다.
한 명도 빠짐없이 종이에 빼곡하게 써넣은 글을 보자 가
슴이 뭉클해졌습니다.
그날 어린 후배들이 잡담을 하거나 지루해 하는 학생이

한 명도 없이 눈을 반짝이며 제 말에 귀를 기울여 주었습니다.

그 신중하고 예의 바른 모습에 감동하여 마지막에 교가를 불러주었을 때는 눈물이 쏟아졌습니다. 그것만으로도 멋진 선물이었습니다. 이 감상문은 최고의 보물입니다. 감사합니다.

교감 선생님은 감상문을 보내주시면서 '하루에 한 장씩 읽어 나가세요.' 라고 덧붙였습니다. '하루라도 더 오래 사세요.' 라는 뜻이겠지요.

물론 후배들이 보내준 격려의 말을 하나도 빠짐없이 마음에 새길 때까지 오래오래 살겠습니다!

모두모두 저에게 수명을 연장시키는 호흡을 불어넣어 주셨습니다.

☆ 이쿠코 ☆

PS : 자리에서 일어날 수 없어서

　　　 오늘은 휴대폰으로 썼습니다.

　　　2011년 6월 5일

블로그 '이쿠코'를
응원해 주시고
격려해 주신 여러분께

고모 야마시타 이쿠코 씨가 돌아가신 지 2개월이 지났습니다.

블로그에 글을 늦게 올려 죄송합니다.

저는 조카인 유미입니다.

고모가 생전에 부탁하신 일을 시작하면서, 새삼 고모가 이 세상에 계시지 않다는 사실을 실감하게 되니 가슴이 미어집니다.

늦었지만, 고모가 마지막으로 쓰셨던 '960매의 감상문' 이후에 있었던 일을 말씀드리려 합니다.

5월 마지막 블로그의 '암 최종 말기를 살다 ─ 충실한 재택 의료'를 쓸 무렵부터는 그 글을 어떻게 쓰셨을까 여겨질 정도로 체력이 저하되어 있었습니다.

그때 블로그에도 남기셨지만 거의 침대에 누워 계셨고, 자신의 힘으로 일상생활을 하기 어려운 상태였습니다.

배에 복수가 차서 그 고통과 싸워야 했으며 항암제도 쓸 수 없게 되었습니다. 또한 다른 장기로 전이되기 전, 암의 근원이었던 위암이 다시 활동을 시작하여 지독한 위통과 구토에 시달렸고 식사도 할 수 없을 정도였습니다.

통증이 전과는 비교도 안 될 만큼 심한 것 같았습니다. 복수로 인한 가슴의 압박감, 구토증, 몸이 몹시 말라서 아픔조차 이겨내지 못하고 기운을 차릴 수도 없다고 했습니다.

이 무렵부터 통증 완화를 위해 재택 의료 차 방문하시는 선생님의 제안대로 24시간 진통제를 투여했습니다. 진통제를 투여하자 정신이 몽롱해졌고, 우리가 예상했던 것보다 훨씬 빠르게 의식이 흐릿해져 갔습니다.

고모가 블로그에 마지막 글을 쓰고 나서 일주일쯤 지난 후에는 복수를 빼내기 위해 입원을 해야만 했습니다. 지금까지는 1박2일만에 병원에서 돌아왔으나 구토가 심하고 식사를 할 수 없어서 그대로 병원에 입원했습니다. 야간에 갑자기 닥칠지도 모를 위험에 대비해서라도 그렇게 하자고 할머니와 고모가 정했습니다.

고모는 전부터 임종은 집에서 맞고 싶다고 말해 왔으나, 이때 병원에 간 후 돌아오지 못했습니다.

고모는 어느 정도 각오는 했었던 듯합니다. 재택 의료 차 방문하시는 선생님으로부터 사가 현 아리타 지방의 아리타 도자기로 만든 유골 항아리가 유명하다고 들었는지 저한테 미리 구해 달라고 했습니다.

나는 그 말을 듣고 충격을 받았지만, 고모는 웃으면서 내가 인터넷에서 찾아 인쇄한 사진을 보며 유골 항아리를 골랐습니다. 본인이 들어갈 유골 항아리까지 직접 고르시다니, 역시 고모다운 행동입니다.

그렇지만 우리도, 고모도 다시는 집에 돌아가지 못하리라고는 예상치 못했습니다.

마지막 입원 시에도 이전부터 그랬듯이 우리 엄마(블로그나 책에 나오는 올케언니입니다)와 막내 고모가 곁을 지켰습니다.

병원에서도 보조를 해주었지만 자주 간호사를 불러야 하는 번거로움도 있고, 몸을 뒤집어주거나 몸을 일으켜주어야 하는 등 손이 많이 가는 간병이라서, 매일 누군가는 병원에 가야 했습니다.

80세가 넘었음에도 하루도 거르지 않고 병원에 다니신 할머니나 가족에게 이 일은 쉽지 않았습니다. 그러나 무엇보다도 고모 자신이 가장 힘들어했습니다. 수도 없이 복수를 빼내야 해서 체력은 점점 더 엉망이 되어 갔습니다. 직접 몸을 움직이지도 못해서 밤이면 간병하는 사람이 몇 번이고 일어나야 했고, 정신적으로나 육체적으로 버티기 힘든 상황이었습니다.

그 무렵 의사선생님이 수면 유도제를 쓰는 방법도 있다고 알려주셨습니다. 하지만 진통제를 투여하면서 수면 유도제를 쓰면 약이 잘 듣지 않을 수도 있다고 덧붙였습니다. 그 말을 들은 가족들은 어떤 방법을 써야 할지를 쉽게 결정하지 못했고, 특히 할머니가 가장 깊이 고민하셨습니다. 그러나 고모가 직접 그렇게 해달라고 부탁했습니다. 고모의 편안을 가장 우선시하기로 하고, 무조건 고모의 판단을 따르기로 했습니다. 그 이후로는 잠들어 있는 시간이 늘어났습니다.

그런 상황에서도 고모는 할머니를 걱정하고 할머니를 위해 애썼습니다.

진정으로 마지막까지 희미하게 남은 목숨을 새로 부여받은 목숨인 양 온 힘을 다했습니다.

그리고 지난 7월 31일.

조금씩 호흡을 줄여 나가다가 고요히 숨을 거두었습니다. 몸은 몹시 말랐지만 얼굴은 편안했습니다.

장례식에도 많은 분들이 와주셨고, 많은 분들이 블로그를 방문하여 명복을 빌어주셨습니다.

고모는 많은 분들께 응원과 격려, 사랑을 받았습니다.

그 점에 늘 감사해 했는데, 이는 그동안 고모 자신이 쌓아

온 덕이라는 생각도 듭니다.

고모는 이 세상에서 만난 좋은 인연과 추억들로 행복해 했습니다.

그러한 점이 고모의 영면한 얼굴에 피어난 것이겠지요.

이 블로그에 고모의 마지막을 쓰려고 마음먹었을 때, 어디까지 암과의 마지막 싸움을 써야 할지 망설였습니다.

고모라면 분명 자신의 마지막 모습이 공개되기를 바랐으리라는 확신이 섰습니다.

5월에 고모는 버찌 그림이 들어간 감사 메일을 보내주시면서 '혹시 모르니' 라고 쓴 블로그 패스워드를 저에게 보내왔습니다.

항암 치료제를 투여 받지 못하게 된 후로는 블로그 쓰기가 미뤄지고 질문하신 분들께도 답신이 늦어져, 이 블로그가 고모한테는 부담이 되던 시기였습니다.

가족들은 이제 블로그를 그만두자고 말렸지만, 고모는 절대로 블로그는 그만둘 수 없다고 단호하게 거절했습니다. 그때 고모의 그 마음과 뜻을 마음 깊이 새겨두었습니다.

지난 7월 31일에 고모의 부고를 알렸을 때 명복을 빌어주시고 감사의 말씀을 올려주신 많은 분들, 그리고 지금까지 응원해 주시고 격려해 주신 분들과 병과 싸우시는 분들을 위해서라도 고모의 마지막 모습을 알려드려야겠다고 마음먹었습니다.

얼굴은 고모와 닮았다는 말을 자주 들었지만 글 쓰는 솜씨는 닮지 않아 부끄러운 제 글을 읽어주셔서 감사합니다.

세세 고모는 큰 존재였습니다. 저는 여자 형제만 셋인데, 저만 유독 고모와 가까웠습니다. 고모와 저는 같은 회사에 근무를 했고, 제가 아이를 낳을 때도 곁에 있어 주는 등 각별히 예뻐해 주셨습니다.

제가 고민할 때는 충고를 해주셨고, 잘못할 때는 꾸중도 해주셨습니다. 꾸중하고 나서는 꼭 마지막에 '내가 곁에 있으니 걱정 마.'라고 위로해 주셨습니다.

항암제조차 투여할 수 없게 되었을 무렵에도 고모는 자신의 끔찍한 고통은 밀쳐두고 제 고민을 듣고 충고와 꾸중을 해주셨습니다.

그리고는 다시 전화를 해서 '유미 네가 걱정돼서 아직 난 죽지 못하겠구나. 네 걱정을 하고 나니 힘이 솟는걸.'이라고 말씀하셨습니다.

하지만 이제 꾸중해 주실 고모가 제 곁에 없습니다.

그런 고모에게 나는 아무것도 해드린 게 없어서 가슴이 아픕니다. 후회도 많습니다.

다행히 돌아가시기 한 달 전에 고모는 저희 엄마께 이렇게 애기했다고 합니다.

"생각해 보면, 내 인생은 참 괜찮았어."

그 말이 지금 슬픔에 빠져 있는 나를 위로해 줍니다.

말할 나위도 없이, 고모가 괜찮은 인생이었다고 말한 것은 블로그를 통해 고모를 응원해 주신 모든 분들을 포함하여 고마운 분들께 보내는 마지막 감사 인사였을 것입니다.

그리고 이 블로그가 고모와 같은 병으로 투병 중인 분들께도 부디 도움이 되시기를 기원합니다.

오늘 하루가 영원이 아님을 기억하시고, 주어진 삶을 최선을 다해 살아내겠다고 다짐하신다면 하늘나라에서 고모도 기뻐하실 것입니다.

늘 둘이서 한 몸처럼 살았던 고모를 대신할 수는 없겠지만, 우리 가족도 고모가 마지막까지 걱정했던 할머니를 하늘나라에서 두 분이 다시 만날 때까지 외롭지 않도록 지켜드릴 생각입니다.

마지막으로, 블로그를 통해 고모 야마시타 이쿠코 씨를 응원해 주시고 격려해 주신 모든 분들께 고개 숙여 진심으로 감사드립니다.

2011년 9월 30일

아마존 서평

3개월밖에 살 수 없다는 통고를 받았을 때, 이쿠코 씨는 그 사실을 어떻게 받아들였을까? 진단조차 믿기 힘들었을 것이다. 하지만 그녀는 혼란스럽고 고통스러운 상황에서도 기죽지 않고 파이팅 자세를 취했다.

죽을 날이 다가왔다는 것을 알고 나서도, 새로운 출발선에 선 저자. 먹고 싶은 것을 먹고, 가고 싶은 곳에 가는 것은 물론이고 내 인생은 내가 정한다고 외친다. 그리고는 새로운 목표를 정한 다음 하나씩 실현해 나간다.

우선 1개월을, 그다음에는 1년을, 그리고 아직도 할 일이 수도 없이 많이 남았다.

남은 생명 3개월을 통고받고서 3년 반을 더 산 지금, 아무리 하찮은 일이라도 가치 있는 일로 바꿀 수 있다고 말하는 시한부 암 환자 이쿠코 씨의 멋진 삶이 이 책에 상세하게 기록되어 있다.

『경성 위암의 발병으로 남은 생명이 3개월이라는 진단을 받았지만, 야마시타 이쿠코 씨는 4년 넘게 건강하고 멋진 삶을 살았습니다.

그리고 아쉽지만 2011년 7월 31일에 돌아오지 못할 곳으로 떠났습니다.

명복을 빕니다.』

『고통스럽고 힘든 항암제 치료를 받는 동안 가끔씩 약한 모습과 눈물을 보이면서도, 어떻게든 견뎌내며 암과 싸우는 저자의 본 모습을 본 듯해서 가슴이 아팠습니다.

죽을 날이 정해졌으나 그 사실을 알지 못한 채 위암으로 돌아가신 엄마께 꼭 여쭤보고 싶었던 말, 알고 싶었던 내용이 이 책에 쓰여 있었습니다.

책을 다 읽고 나서 저세상에 계신 엄마와 이야기를 나눈 것처럼 마음이 편안해졌고, 한편으로는 가슴이 먹먹해졌습니다.』

『이 힘든 병과 사투하지만 항상 긍정적으로 사는 야마시타 이쿠코 씨. 마이너스를 플러스로 바꿔나가며 흔들리지 않고 살아가는 저자의 모습에 감동했습니다.

인생의 마지막은 자신이 결정하겠다는 그 결심과 용기에서 큰 깨달음을 얻었습니다.

이러한 모습은 투병 중인 사람들뿐 아니라 우리 모두가 평소 힘들 때면 되새겨봐야 할 중요한 충고라고 생각합니다.』

옮긴이 **한성례**

1955년 전북 정읍 출생.

세종대학교 일문과 졸업. 동 대학 정책과학대학원 국제지역학과 일본학 석사 졸업.

1986년 ≪시와 의식≫ 신인상 수상으로 등단. 한국어 시집 ≪실험실의 미인≫,
일본어 시집 ≪감색치마폭의 하늘은≫ ≪빛의 드라마≫ 등이 있고, '허난설헌문
학상'과 일본에서 '시토소조상'을 수상했다.

소설 ≪파도를 기다리다≫ ≪달에 울다≫를 비롯하여 한일 간에서 시, 소설, 동
화, 에세이, 앤솔로지, 인문서, 실용서 등 200여 권을 번역했으며, 그중 ≪세계가
만일 100명의 마을이라면≫ ≪붓다의 행복론≫ 등은 한국 중고등학교 각종 교과
서의 여러 과목에 수록되었다. 특히 고은, 문정희, 정호승, 김기택, 안도현 등 한
국 시인의 시를 일본어로, 니시 가즈토모, 잇시키 마코토, 호소다 덴조, 고이케 마
사요 등 일본 시인의 시와 스웨덴 시인 라르스 바리외의 하이쿠집을 한국어로 번
역 출간했다.

현재 세종사이버대학교 겸임교수.